Felicitaciones para *Estado de la Unión*:

Un misterio lleno de vida y diversidad, con una trama amena e informativa y una joven protagonista con la que uno se puede identificar. —**Kirkus Reviews**

Una lectura impresionantemente original, excepcionalmente bien escrita, totalmente entretenida y recomendada ampliamente para niños de 7 a 12 años. —**Midwest Book Review**

Kitty Felde enseña a nuestros hijos todo sobre el Capitolio de una forma que captura y mantiene su interés. Personalmente, puedo decir que conoce todos los rincones del lugar porque me entrevistó en casi todos ellos. —**La ex Senadora Barbara Boxer (D)**

En una época de amarga política partidista, es una forma astuta de entusiasmar a la próxima generación por el gobierno y la posibilidad del servicio público.
—**Ex presidente del Comité de Educación de la Cámara de Representantes, Congresista Buck McKeon (R)**

Estado de la Unión es una lectura conmovedora, una joya de libro.
—**Ginger Park, autora de**
Los Grandes Almacenes de las Cien Elecciones

Otra adición estelar en la extraordinaria serie de misterio de Fina Mendoza de Kitty Felde. Una protagonista a la que apoyarás, calidez y humor, y una buena historia de misterio que lo sustenta todo.
—**Jan Burke, autora de los misterios de Irene Kelly**

Estado de la Unión

Un Misterio de Fina Mendoza

Kitty Felde

Chesapeake Press
Culver City, California

Esta es una obra de ficción. Los nombres, personajes, negocios, lugares, sucesos e incidentes son producto de la imaginación del autor o se utilizan de forma ficticia. Cualquier parecido con personas reales, vivas o muertas, o sucesos reales es pura coincidencia.

Copyright © 2023 de Kitty Felde

Todos los derechos reservados. Ninguna parte de este libro puede ser reproducida, almacenada en un sistema de recuperación o transmitida en cualquier forma o por cualquier medio sin previo permiso por escrito.

Chesapeake Press
9942 Culver Blvd., Suite 1141
Culver City, CA 90232
www.chesapeakepress.org

Librarians and educators, for a variety of free resources and teaching tools including Teacher's Guides and a free podcast, please visit our website: www.chesapeakepress.org.

El texto de este libro fue escrito en EB Garamond.

Arte de Portada: Juan Manuel Moreno
Traducción al Español: Jorge Flores González

Estado de la Unión / Kitty Felde
ISBN 978-1-7370978-8-4 (paperback)
ISBN 978-1-7370978-7-7 (hardback)
ISBN 978-1-7370978-9-1 (e-book)
LCCN 2024901714

Título original:
State of the Union: A Fina Mendoza Mystery / Kitty Felde
ISBN 978-1-7359767-9-2 (paperback)
ISBN 978-1-97817370978-1-5 (hardback)
ISBN 978-1-7370978-0-8 (e-book)
LCCN 2023910475

También escrita por Kitty Felde

LOS MISTERIOS DE FINA MENDOZA:
Libro 1 – *Bienvenida a Washington Fina Mendoza*
Libro 2 – *Estado de la Unión: Un Misterio de Fina Mendoza*
Libro 3 – *Serpiente en la Hierba* (Otoño 2025)

Título original:

THE FINA MENDOZA MYSTERIES:
Book 1 – *Welcome to Washington Fina Mendoza*
Book 2 – *State of the Union: A Fina Mendoza Mystery*
Book 3 – *Snake in the Grass* (Spring 2025)

Para Oscar y Martha
Su historia de inmigración aún me inspira

Capítulo 1

El sótano no era exactamente mi lugar favorito del Capitolio. Era oscuro y confuso y, de acuerdo, tenía que admitirlo, daba miedo. Había curvas y recodos, así que había que tener cuidado de no chocar con algún congresista que corría hacia un ascensor con una botella de bebida energética en la mano. Solamente lo hice una vez. Ahora, tenía cuidado. Especialmente en Para Llevar del Capitolio.

El nombre real de la cafetería era el Mercado del Capitolio, pero todo el mundo lo llamaba el Para Llevar. Porque eso era lo que hacías, te llevabas tu comida.

Eso era lo que estaba haciendo esta noche, llevar un sándwich de pavo para Papá y papas fritas picantes, chocolate caliente y un plátano para mí. El tipo que estaba delante de mí en la caja no paraba de apuntar su teléfono a la maquinita para que funcionara la aplicación Bite. La aplicación era como dinero electrónico, pero lo único que se podía comprar con ella era comida en alguna de las tiendas del Capitolio. Lo intentaba una y otra vez. Me costaba trabajo no tirar la comida. Mi plátano resbaló y aterrizó en su pie.

—Lo siento —le dije.

Se volteó y me miró, frunciendo el ceño. Luego sonrió.

—Oye, tú eres esa detective del Capitolio, ¿no? A lo mejor puedes averiguar qué está embrujando a esta condenada máquina.

Había resuelto el misterio del Gato Demonio del Capitolio. No sabía nada de resolver misterios electrónicos.

—Por fin —dijo cuando la máquina encendió una luz verde. Agarró su café y se fue.

Mi amiga Mónica estaba en la caja registradora.

—Tu padre trabaja hasta tarde, ¿no, Fina? —dijo.

—Sí —dije. Papá siempre trabajaba hasta tarde. Incluso después de prometer que, a partir de enero, llegaría a casa a tiempo para cenar. Ya hacía más de una semana que era enero y seguía llegando a casa más o menos a la hora en que yo me lavaba los dientes y me iba a la cama. Al menos esta noche cenamos juntos, pero no en casa. Cenamos en el despacho del Comité de Reglas, en la tercera planta del Capitolio.

—Tu Papá es el hombre más trabajador de Washington —me dijo.

Yo sonreí. Me gustaba hablar con Mónica. Su voz tenía un ronroneo, como si les diera vueltas a los sonidos en la boca antes de que salieran. Era de una isla del Caribe, pero me dijo que los únicos piratas que había visto eran los del Capitolio. Se refería a los senadores y Congresistas.

A Mónica le gustaba "cambiarle", como ella decía. Nunca se sabía qué aspecto tendría. Mónica siempre llevaba pelucas, las normales, que parecían pelo de verdad, y otras divertidas, como la de paje de color rosa o la de 101 trenzas en la espalda. Le pregunté por qué llevaba pelucas en lugar de su propio pelo.

—Llevo uniforme para trabajar —me dijo, dándole un tirón a la blusa azul marino—. Pero mi pelo es para mí. Si tengo un mal día, llevo el pelo que me hace feliz. Si estoy triste, llevo un flequillo que casi me tapa los ojos.

Me preguntaba si Papá me dejaría llevar peluca. ¿Qué aspecto tendría con trenzas amarillas en lugar de mis rizos oscuros, que mantenía alejados de los ojos con una diadema?

Esta noche, la peluca de Mónica tenía pinchos negros que sobresalían por toda la parte superior, como la de una estrella de rock. Los picos se agitaban cuando ella levantaba la cabeza, escuchando.

—¿Lo oyes? —susurró—.

—¿Oír qué?

—¡Shh!

Oí voces al final del pasillo y el sonido del timbre del elevador. Oí el ruido de las calderas, que intentaban mantener caliente el Capitolio en pleno invierno. Y oí... ¿Un chirrido?

—¡Ahí está! —dijo Mónica—. ¿Lo oyes?

—Suena como el chirrido de una puerta —dije.

—No es una puerta —dijo Mónica—. Es Chickcharney.

—¿Chick qué? —Mi taza de chocolate caliente se estaba enfriando.

—Nadie me cree. Pero yo lo he oído. Chickcharney. Es un pájaro de mi isla.

—Okay —dije—. Tengo que volver arriba con Papá.

—Esperaba que pudieras ayudarme a encontrarlo.

—¿Por qué?

—Estoy segura de que tiene un mensaje para mí. ¿Si no, por qué vendría un pájaro de mi isla natal de Andros al Capitolio de los Estados Unidos? —dijo Mónica con convicción.

—Mi Papá considera que debería tomarme un descanso de la detección durante un tiempo y concentrarme en mi tarea. Saqué un 'insatisfactorio' en matemáticas en mi última boleta de calificaciones.

—Por favor, Fina. Eres la única detective que conozco.

Ser detective era mucha responsabilidad. Mi hermana Gabby dijo "me lo imaginaba" cuando me metí en el oficio de detective, ya que siempre estaba haciendo preguntas. Estaba bromeando, pero era verdad.

—¿Qué aspecto tiene? —le pregunté—. ¿Este pájaro?

—El Chickcharney tiene una cara redonda, un pico afilado, patas largas y una cola delgada y rizada.

—¿Quieres decir plumas rizadas?

—No. Chickcharney tiene cola de lagarto.

—¡Una cola de lagarto!

Me reí, imaginando un pájaro así.

—¡Shh! —dijo ella—. A Chickcharney no le gusta que se rían de él.

—Lo siento —dije—. Lo siento, Chickcharney.

Mónica asintió, satisfecha.

—¿Es una de esas criaturas que te maldicen con la mala suerte? —pregunté.

—Los Chickcharneys no son ni buenos ni malos. Pero hacen travesuras. Embaucadores. Si los respetas, te traen bendiciones y buena suerte. Si los haces enojar, te traerán toda una vida de desgracias.

—¿Por qué quieres encontrar a este pájaro si te puede traer una vida de miseria?

—Apuesto a que tiene un mensaje para mí. Creo que es importante encontrar al pájaro y escuchar ese mensaje.

—¡Ahí estás! —Era Papá, preguntándose qué le había pasado a su sándwich—. Pensé que sería demasiado para que lo subieras tú sola. Vamos. Deja de molestar a Mónica. Tengo que volver al trabajo.

—Lo pensarás, ¿verdad? —preguntó Mónica.

—¿Pensar qué? —preguntó Papá.

—Nada, Papá.

Capítulo 2

El despacho de Papá olía a palomitas quemadas. Eso normalmente significaba una cosa.

—Hola, Fina. —Era Claudia. Claudia era la "L.A." del despacho de Papá, la Asistente Legislativa que lo sabía todo sobre los proyectos de ley que se votaban en el Congreso. Papá la llamaba "su cerebro". A Claudia le encantaban las palomitas. Sobre todo por la noche, cuando trabajaba con Papá. El único problema era que al microondas de la oficina no le gustaba trabajar a altas horas de la noche. En lugar de palomitas, convertía la mitad de la bolsa en trozos negros. Esta noche olía como una de esas noches.

—Claudia, ¿me pudiste encontrar esos números? —preguntó Papá, dirigiéndose a su despacho trasero.

—Aquí están, congresista. —Ella le pasó una página de una de las muchas carpetas que tenía en sus brazos. Ojalá yo fuera tan organizada como Claudia.

El escritorio de Papá estaba lleno de papeles. Suspiré. Iba a ser una noche larga. Al menos sería la última vez que tendría que esperar en el despacho de Papá a que terminara de trabajar. Mañana, por fin, mi abuela llegaría a Washington para cuidar de mí y de mi hermana mayor Gabby. Volveríamos a ser una familia. Una familia sin mamá, pero una familia.

Se suponía que Abuelita vendría con nosotros cuando nos mudamos de Los Ángeles el otoño pasado, pero se rompió una pierna y tuvimos que esperar hasta que pudiera subir y bajar escaleras. Abuelita me dijo que su pierna curada la hacía "más rápida que nunca". Eso esperaba. Nuestra flaca casa en hilera de D.C. tenía muchas escaleras.

Me dejé caer en el sofá y pelé mi plátano. El televisor de la esquina estaba sintonizado en C-SPAN. Siempre estaba sintonizado en C-SPAN, el canal más aburrido del mundo, excepto cuando estaba Papá en la tele. Esta noche había lo que llamaban "discursos de un minuto", en los que los legisladores pedían permiso para hablar de lo que quisieran, pero solamente durante un minuto.

Esta noche, era un congresista que sonaba como un vaquero. Habló de la "gente trabajadora" de su distrito que pagaba demasiados impuestos. Vi una frase en la parte inferior de la pantalla. Decía que C-SPAN iba a emitir el Estado de la Unión el martes por la noche.

—¿Qué estado es? —le pregunté a Claudia.

Claudia levantó la vista de la pantalla de la computadora.

—¿Kansas? ¿California? —supuse.

—¿De qué estás hablando? —preguntó.

—Del Estado de la Unión. ¿Qué estado es?

Vi que Claudia intentaba no reírse. Odiaba que la gente se riera de mí. Le di un buen mordisco al plátano.

—Lo siento, Fina —dijo disculpándose—. Es una buena pregunta. El Estado de la Unión es un discurso del presidente. Cada año mide la temperatura del país.

—¿Como un chequeo de Estados Unidos?

—¡Exactamente! —dijo—. El presidente viene al Capitolio y le recuerda al Congreso todo lo bueno que hizo el año pasado y todo lo que quiere que hagan este año. Y después del discurso, alguien del otro partido sale en la tele para quejarse de todo lo que acaba de decir el presidente.

—¿Eso es lo que va a hacer Papá? ¿Quejarse?

—Más o menos —dijo ella—. Lo llevan haciendo desde que Lyndon Johnson era presidente y los Republicanos del Senado querían tener la oportunidad de quejarse.

Papá entró agitando un trozo de papel. —Eso es lo que haré: quejarme. En español.

—¿Cómo sabes lo que va a decir el presidente antes de que lo diga, Papá?

—No lo sabemos todo —dijo Papá—, pero es bastante fácil adivinar algunas de las cosas de las que hablará el presidente el martes por la noche. Como la inmigración. La razón del discurso de refutación es presentar ideas diferentes, desde el punto de vista de nuestro partido.

Claudia le entregó a Papá un nuevo trozo de papel. Era como si Claudia supiera lo que quería casi antes que él. Le echó un vistazo, asintió y volvió a su despacho.

—¿Refutación? —. A veces vivir en Washington D.C. era como vivir en un país extranjero, con su propio idioma y costumbres extrañas, como situarse en el lado derecho de las escaleras mecánicas del metro porque el lado izquierdo era para la gente que corría a tomar el tren. En lugar de enseñarnos palabras de vocabulario normal en 4° de primaria, deberían enseñarnos un montón de palabras de Washington como refutación.

—Refutar significa hacer un argumento que responde a algo —dijo Claudia.

—Papá tiene suerte. Cuando le respondo, me manda a mi cuarto.

Esta vez, Claudia se rio. —A veces pienso que deberías dirigir el país, Fina.

No estaba segura de querer ser presidente, ni siquiera miembro de Congreso como papá. Parecía que la mayor parte del trabajo consistía en dar discursos y asistir a un montón de reuniones. No me gustaban las discusiones en grupos pequeños en la escuela y odiaba hablar delante de toda la clase.

—Es un gran honor que te pidan que des la respuesta demócrata —dijo Claudia—. Tu padre tiene que tener un primer borrador delante de la jefa para mañana en la mañana.

La jefa era la Líder de la Minoría, la principal demócrata de la Cámara de Representantes. Me recordaba a mi profesora de segundo grado, la señora Watkins, que sonreía demasiado.

—Hablando de trabajar —dijo Papá—, tienes tarea que hacer. Ponte a hacerla, mija.

Suspiré. Tarea era la palabra favorita de todos estos días.

—Sí, Papá.

Ya había leído mis diez páginas de "La elección de Garvey" para la clase de inglés, pero todavía tenía algunos problemas de matemáticas. Siempre tenía problemas de matemáticas. Saqué la hoja de ejercicios de la mochila, pero era difícil concentrarse en una página llena de números.

Pensé en el extraño pájaro de Mónica, en cómo le temblaba la voz cuando hablaba del Chickcharney. ¿Era un pájaro de verdad? ¿Por qué era tan importante para ella escuchar su mensaje? Mi cerebro empezó a pensar como un detective. No pude evitarlo.

—Claudia, ¿me prestas tu laptop?

—Claro —dijo sacándolo de su enorme bolso—.

Papá decía que no podía utilizar las computadoras del trabajo para mis deberes o se metería en problemas con el Comité de Ética de la Cámara. Claudia siempre llevaba su propia laptop para sus cosas personales.

—Pero no mires lo que veo en Netflix —decía.

Sonreí. Ya sabía que a Claudia le gustaban los dramas surcoreanos.

"Chickcharney" busqué en Google. Una criatura legendaria de la isla de Andros, en las Bahamas. Aparecieron fotos de pájaros gigantes y feos, con patas largas y garras peligrosas. Pero, ¿por qué iba a aparecer de repente un pájaro del Caribe en el Capitolio? Tal vez era una mascota perdida. Había perros en los edificios de oficinas de la Cámara, pero pertenecían a los legisladores que los llevaban al trabajo. Y estaba D.C., el gato cazador de ratones, en la cripta del Capitolio. No conocía a nadie que tuviera un pájaro de mascota en el Capitolio.

—¿Necesitas ayuda con esa hoja de ejercicios? —exclamó Papá desde el otro despacho. Sabía que no estaba haciendo mi tarea.

—No, Papá.

No era tonta. Empecé a leer las señales de la calle y la parte de atrás de las cajas de cereal antes de entrar a la guardería. Vencí a Becka y a Michael en el concurso de ortografía de la clase. Saqué un sobresaliente en mi proyecto de ciencias que explicaba por qué los edificios cercanos al epicentro, o el centro de un terremoto, temblaban más fuerte y durante más tiempo que los edificios situados a kilómetros de distancia.

Pero las matemáticas eran como un idioma extraño para mí. Mi cerebro se paralizaba. Me sentía como un niño de primer grado, contando con los dedos debajo del pupitre. Incluso cuando entendía la ecuación, solía saltarme un número o cometía un simple y estúpido error.

A mi hermana Gabby se le daban muy bien las matemáticas. Incluso estudió cálculo y estadística en la escuela. Intentó ayudarme con la tarea. "¿Ves? Es fácil" me decía. Pero para mí no era fácil.

—No te preocupes. Lo entenderás con el tiempo. —Papá me decía. Pero yo tenía miedo de que nunca las entendería y nunca me graduaría de cuarto grado. No quería ser conocido como la tonta Mendoza. Como dije, no era tonta.

Cerré la laptop y me quedé mirando mi hoja de ejercicios. ¿Cuánto era ocho por nueve? ¿Y cómo podía averiguar más cosas sobre Chickcharney?

Capítulo 3

Llegamos tarde. Otra vez.

Papá, Gabby y yo nos amontonamos en el taxi. Era una minivan, pero de las pequeñas. El tráfico se atascó como de costumbre en el puente de la calle 14, justo después del monumento a Jefferson. Casi podíamos ver el aeropuerto al otro lado del río.

Cuando por fin llegamos a la terminal, Abuelita nos estaba esperando, con su abrigo rojo, junto a una montaña de equipaje. Me preocupaba no tener espacio suficiente en la camioneta. El conductor repetía "no te preocupes", pero yo no podía evitarlo.

Abuelita insistió en volar con Southwest Airlines, aunque tuviera que cambiar de avión en Dallas. "Porque en Southwest te regalan dos maletas —le dijo a Papá por teléfono—. ¿Por qué iba a malgastar mi dinero?"

Pero Abuelita no solamente llevaba dos maletas. Conté al menos cinco, más una caja envuelta en kilómetros de cinta de embalaje. Papá gruñó al levantarla. —En nombre del cielo, ¿qué empacaste, mamá?

—¡Cuidado, mijo! —dijo ella—. Es mi máquina de coser.

Abuelita estaba mudando toda su vida a Washington únicamente para ayudar a Papá a cuidarnos. Habíamos estado esperando que llegara desde Halloween. Hablar con ella por teléfono no era lo mismo. Siempre preguntaba "¿qué más?", es decir, ¿qué más me rondaba por la cabeza? ¿Qué más no le estaba contando? Siempre sabía cuándo mi cerebro estaba trabajando de más.

Quizá fuera porque tenía mi nombre: Josefina Mendoza. Supongo que en realidad era su nombre, ya que ella lo tuvo primero. Nadie me llamaba Josefina, a menos que estuviera en problemas. Todos me llamaban Fina.

Abuelita abrazó a Papá y le plantó un beso en la frente. Era de un naranja brillante. Luego nos inspeccionó a Gabby y a mí.

—Qué grandes están —exclamó, aunque yo no había crecido ni un centímetro desde la última vez que me vio y Gabby tampoco.

—Hola, abuelita —dijo Gabby—. Sonríe.

Gabby empezó a tomar fotos con el teléfono inteligente que le habían regalado en Navidad e inmediatamente empezó a publicarlas en redes sociales. Abuelita sonreía, saludaba y se mostraba muy cariñosa.

Luego se volteó hacia mí. Me dio un abrazo completo. Podía oler su aromático bloqueador solar. Era californiana. Los californianos se ponían bloqueador tanto si había sol como si no. Me pregunté si seguiría poniéndoselo en D.C. en días como hoy, cuando la temperatura era de sólo cuarenta grados.

Papá y el conductor tuvieron que levantar la última bolsa y meterla junto con el resto del equipaje de Abuelita.

—Sólo algunas cosas para comer —dijo ella—. Y... ¡Oh, Dios!

Abuelita agarró a Gabby de la mano y echó a correr por la concurrida carretera que rodeaba el aeropuerto.

—¿Adónde va? —preguntó Papá.

Abuelita no soltó a Gabby y no se detuvo hasta llegar a una estatua en un pequeño parque frente a la terminal.

—Tómame una foto. Tómame una foto —le gritó Abuelita a Gabby.

Era una estatua de Ronald Reagan. Le pusieron su nombre al aeropuerto. Aeropuerto Nacional Reagan. Abuelita adoraba a Ronald Reagan. Aunque era republicano y Papá demócrata, Abuelita llamaba al presidente Reagan su héroe. "Fue gracias a él —decía siempre— que yo me convertí en ciudadana americana y tu padre en congresista". Papá solía discutir con ella, recordándole que fue el Congreso el que aprobó la ley de inmigración que hizo posible que Abuelita se convirtiera en ciudadana. El presidente Reagan se limitó a firmarla. Abuelita nunca le hizo caso. Para ella, Ronald Reagan era el mejor presidente que habíamos tenido, mejor incluso que Abraham Lincoln o George Washington.

La estatua parecía de tamaño normal desde el coche, como si el presidente Reagan estuviera a punto de bajarse de la banqueta de concreto para coger un avión. Pero cuando Abuelita se puso a su lado, apenas llegaba al botón de su chaqueta de bronce.

Detrás de nuestra minivan se acumulaba el tráfico. Los coches nuevos y los taxis intentaban llegar a la zona de recogida, pero nosotros estorbábamos.

—Vuelve al coche, Gabby —gritó Papá por encima del claxon—. Trae a tu abuela aquí. ¡Ya!

—¿Qué? —Gritó Gabby.

Abuelita alargó la mano para coger la gigantesca mano de la estatua de bronce y le hizo un gesto a Gabby para que hiciera un millón de fotos. Finalmente, pareció satisfecha y las dos corrieron entre los coches para volver al taxi. Papá no estaba contento.

—Podrían haberte atropellado —le dijo—. A ti y a tu querida nieta. ¿En qué estabas pensando?

—Era el presidente —dijo ella—. Estaba aquí para darme la bienvenida a Washington.

Gabby y yo habíamos trabajado muy duro para dejar nuestra casa de la Calle A SE reluciente para Abuelita. Incluso lavamos las ventanas, por dentro y por fuera. Gabby me obligó a hacerlo por fuera. Hacía tanto frío que me preocupaba que el limpiacristales se convirtiera en hielo.

Lo único que le llamó la atención a Abuelita fue la puerta principal. Era azul brillante.

—Qué suerte —dijo golpeando la puerta con los nudillos—. Una puerta azul da suerte.

Papá tuvo que hacer tres viajes para traer las numerosas bolsas de Abuelita. Me sorprendió que ella no lo supervisara. En lugar de eso, Abuelita se dirigió directamente a la cocina, echando un vistazo a las alacenas y abriendo los cajones. Se rio ante nuestra alacena de especias casi vacía, con sus dos tarritos de canela y chile triturado.

—Ni siquiera comino —dijo negando con la cabeza.

Gabby se encogió de hombros. "Tarea", gritó mientras corría escaleras arriba y daba un portazo. Gabby siempre decía que tenía tarea estos días, pero creo que en realidad estaba rebuscando en su armario. Otra vez. Gabby no paraba de reorganizar su ropa, como si fuera a aparecer milagrosamente una camisa o unos jeans nuevos. Nunca aparecían.

Abuelita sacó la olla más grande de su escondite bajo la encimera y encendió una hornilla.

—Mijo —le gritó a Papá—, ¿dónde está mi bolsa morada?

—Yo la traigo, Abuelita —dije y la cogí del sofá—.

Pesaba mucho. Abuelita abrió el cierre de la bolsa, sacó un enorme recipiente de plástico congelado y lo puso en el fregadero. Le echó un montón de agua caliente encima y luego vertió el trozo de hielo que había dentro en la olla.

—Albóndigas en caldo —dijo—. La congelé para asegurarme de que la TSA me dejara llevarla en el avión.

Me encantaba el guiso de Abuelita lleno de albóndigas y tomates y orégano. Hacía meses y meses que no probábamos su comida. Abuelita volvió a meter la mano en la bolsa morada y sacó otro paquete: tortillas caseras de la pequeña tienda que había a la vuelta de la esquina de donde vivíamos en Los Ángeles. Abuelita llevaba exactamente cinco minutos en nuestra casa de D.C. y ya olía como el sur de California.

Papá besó a Abuelita en la cabeza. No era muy alto, pero Papá sobresalía por encima de su mamá. "Huele de maravilla", dijo. Y entonces sonó su teléfono del trabajo. Papá, como todo el mundo en el Capitolio, tenía tres teléfonos: uno para el trabajo, otro para casa y otro para llamar a la gente y pedirles dinero para poder lanzarse para reelección. Cuando sonaba el teléfono del trabajo de Papá, normalmente tenía que salir corriendo a una reunión para lo que él llamaba "control de crisis". Sabía lo que venía a continuación.

—¿Él qué? —Papá explotó en el teléfono. Papá explotó mucho al teléfono—. Lo siento, mamá. Tendré que comerme mis albóndigas más tarde. Tengo una reunión de emergencia en la Capitol Hill. Volveré tan pronto como pueda.

Y en un instante, Papá se había ido. Como siempre. La única diferencia esta vez fue que Gabby y yo no nos quedamos solas en la casa. Esta noche, Abuelita estaba aquí con nosotros.

Capítulo 4

—Pero no necesito que me acompañes a la escuela, Abuelita. Conozco el camino —dije.

No quería presentarme en la esquela Saint Philip con mi abuela, como si fuera una niña de primer grado. Pero Abuelita se estaba abrochando su abrigo rojo y tomando su sombrero y sus guantes.

—Puede que tú conozcas el camino, pero yo no —respondió Abuelita—. ¿Y si hay una emergencia y tengo que ir a buscarte a la escuela? ¿Cómo sabría cómo encontrarte?

—Podrías preguntarle a cualquiera dónde está la escuela Saint Philip y te lo dirían —insistí, pero Abuelita no parecía convencida.

No era justo. Abuelita me trataba como si fuera un bebé. Ahora tenía casi 11 años. Casi una adolescente. Llevaba cuatro meses caminando sola a la escuela. Tenía un trabajo de verdad, un trabajo importante. Paseaba perros para miembros del Congreso. Bueno, a un perro. Había desempacado ciento dos cajas de mudanza, yo sola. De acuerdo, Gabby también ayudó. hacía pan tostado todas las mañanas y apretaba el botón que comenzaba a preparar el café de Papá. Incluso resolví un misterio.

Abuelita creía que todavía estaba en la guardería. Seguramente querría tomarme de la mano cuando cruzáramos la calle.

—Por favor, Abuelita —le supliqué—. No es para tanto. Son tres cuadras. Conozco el camino. No tienes que acompañarme.

—No tengo que hacerlo —respondió ella con firmeza—. Quiero hacerlo.

Y sin más, tomó mi mano y las llaves de casa, y salimos a la banqueta. Ni siquiera me soltó la mano.

—Por si me tropiezo en estas banquetas disparejas —dijo—. No querrás que me rompa la otra pierna, ¿verdad?

Abrí la boca para discutir, pero las banquetas eran horribles en Washington. Las raíces de los árboles las levantaban y nunca eran planas. Sería fácil que Abuelita se tropezara y se cayera. Y si Abuelita se rompía la otra pierna, Papá nunca me lo perdonaría. Suspiré y empecé a caminar, las dos Josefinas, caminando de la mano.

Los árboles estaban desnudos y la mayoría de las casas habían quitado las luces de Navidad hacía semanas.

—¿Tienes calor, Abuelita? —le pregunté—. Quizá deberías volver a casa antes de que te resfríes.

—Estoy bien, mija. Caminemos un poco más rápido. Eso hará que tu sangre californiana se mueva —respondió Abuelita.

Estábamos acercándonos a la escuela. Alguien podría verme. Tal vez podría explicar que estábamos ejercitando la pierna rota de Abuelita, o decirles a todos que ella tenía 106 años en lugar de sólo 66 y que yo tenía que pasearla todos los días como un perro. Tal vez, si mantenía la cabeza hundida en la sudadera, nadie me reconocería. Tal vez...

—¡Hola, Fina! —gritó Michael, el guardia de cruce, cuando nos acercábamos a la escuela.

—Hola, Michael —le dije.

—¿Quién es tu amigo, el policía? —preguntó Abuelita.

Michael extendió la mano.

—Michael Fisher. No soy policía, sólo guardia de cruce. Usted debe de ser la abuela de Fina.

Abuelita me soltó la mano el tiempo suficiente para estrechar la de Michael. Tal vez esto no iba a ser tan malo. Tal vez en la escuela no se enterarían de que a Fina Mendoza la tenía que llevar su abuela a la escuela. Tal vez.

—Hola, Fina —gritó una voz conocida detrás de mí—. ¿Te lleva hoy tu niñera a la escuela?

Era Becka, mi persona menos favorita en todo el mundo. La primera vez que la vi, Becka me dijo que su madre trabajaba para un senador y, como "todo el mundo sabía" que los senadores eran más importantes que los Congresistas, ella era más importante que yo. Intenté alejarme de Becka.

—Ella no es mi niñera. Ella es... —empecé a decir, pero Abuelita me interrumpió.

—Soy tu profesora sustituta esta mañana —dijo Abuelita—.

Mi boca se abrió, pero no salió nada de ella.

Becka parecía suspicaz, pero Abuelita puso su cara de "no te metas conmigo" y fulminó a Becka con la mirada.

—Y será mejor que te des prisa en entrar, jovencita, si no quieres llegar tarde. Anda.

Becka dudó un momento, pero aun así salió corriendo.

—¿De verdad es usted nuestra profesora sustituta, señorita Mendoza? —preguntó Michael.

—No, pero no quería avergonzar a Fina delante de su "amiga". Quizá puedas encargarte tú, Sr. Guardia de Cruce. Acompáñala el resto del camino. ¿Sí?

—Claro, —dijo Michael.

Abuelita me guiñó un ojo, se dio la vuelta y marchó a casa.

Abuelita no estaba allí después de la escuela para acompañarme a mi trabajo. Supongo que por fin le creyó a Papá que Capitol Hill era el lugar más seguro del planeta Tierra, ya que había policías prácticamente en cada esquina. Bajé por la calle C hasta el edificio Rayburn House Office.

Arriba, abrí la puerta del despacho en la que se leía "Representante Carol Mitchell, Georgia". Como de costumbre, todo el mundo en la oficina estaba al teléfono.

—Permítame que le conecte con nuestro Director de Servicios Constituyentes —dijo la chica del teléfono. Sabía que se refería a la persona que se ocupaba de los problemas de la gente en Georgia. Papá también tenía una persona que se ocupaba de los votantes en su distrito de Los Ángeles.

—Revisaré su agenda —dijo otra empleada—. No, lo siento. Tiene una reunión esa tarde.

Parecía que la congresista Mitchell estaba tan ocupada como Papá. ¿Cuántas reuniones hacían falta para dirigir el gobierno?

Había ruido en la oficina, y no sólo de toda la gente en los teléfonos. Había un ruido de trituración procedente de otro lugar en el edificio. Sonaba como el taladro que usa el dentista cuando tienes una caries.

Escuché el tintineo de las placas de identificación y de cuatro patas peludas volando, y allí, delante de mí, estaba mi mejor amigo en Washington, el Senador Algo.

El Senador Algo no era un senador de verdad. Era un gran perro naranja, un Briard, un perro francés que pastoreaba ovejas. El Senador Algo no hablaba francés.

Saltó sobre mi uniforme de la escuela, casi tirándome al suelo.

—¡Bueno, yo también me alegro de verle, Senador Algo! ¿Qué tal la Navidad? —El Senador Algo había viajado a Georgia durante los días festivos. Seguramente se la pasó muy bien. Se veía un poco más gordo.

Tomé la correa que estaba en el perchero y se la puse en su arnés. La recepcionista seguía al teléfono, pero me devolvió el saludo mientras seguía al Senador Algo por la puerta.

Cruzamos la calle hasta el pequeño estacionamiento. Allí nunca había nadie, salvo los fumadores a los que echaban de las entradas principales de los edificios de oficinas de la Cámara.

Después de hacer sus necesidades y de recogerlas con la bolsa de plástico, nos sentamos en una de las bancas. En realidad, yo me senté en la banca. Él se sentó en el suelo. El sol brillaba mucho, pero hacía frío. Sobre todo en la banca.

Le conté que por fin había llegado mi abuela y que había insistido en acompañarme a la escuela. Él gimoteó. Sabía que no me hacía ninguna gracia. El Senador Algo sabía escuchar.

—¿Te acuerdas de Mónica? —le pregunté.

Él ladró. Mónica era una de sus personas favoritas, probablemente porque siempre olía un poco como las hamburguesas que cocinaban en la parrilla del Para Llevar del Capitolio.

—Mónica tiene un caso para mí, Senador Algo. Un verdadero misterio. Pero necesito más información. ¿Quieres venir conmigo?

Por supuesto que sí. El Senador Algo era un muy buen compañero para un detective.

En el Para Llevar del Capitolio había poca gente, justo después del descanso para las papas fritas y el frappuccino y antes de la hora de cenar. Mónica no estaba en la caja registradora. Supuse que estaba almorzando tarde. Mónica nunca comía en Para Llevar del Capitolio. Siempre llevaba su propia comida al trabajo. Podía oler el jengibre y el chile que venían de la habitación del otro lado del pasillo, donde había un microondas y algunas mesas. Estacioné al Senador Algo afuera y fui en busca de Mónica. Seguí mi olfato y me asomé por la ventanilla del microondas. Podía ver pequeños chícharos y arroz dando vueltas.

—Guandules, o guisantes de paloma —dijo.

—¿Guandules, guisantes de paloma? —Intenté imaginarme a las palomas poniendo guisantes en lugar de huevos.

—Son una especie de chícharos que crecen en mi isla —dijo.

Supuse que Mónica era como Abuelita, que cocinaba cosas que le hacían pensar en casa.

—¿Cuánto tiempo llevas fuera? —le pregunté. —De tu isla.

—Mucho tiempo —dijo.

—¿Cómo era?

—El paraíso, —sonrió—. Andros es siempre cálido, pero nunca caluroso. Siempre hay una pequeña brisa por la tarde.

Sacó su plato del microondas y me dio un tenedor de plástico.

—¿Quieres un bocado?

Lo hice. Me metí un tenedor en la boca y sonreí. Los guisantes estaban un poco crujientes y sabían un poco a frutos secos.

—Yum.

El Senador Algo asomó la cabeza en el comedor y gimoteó. Miró a Mónica con sus ojos más tristes. Ella se rio y le lanzó un guisante de paloma. Él lo devoró y se relamió los labios.

—Mi madre tenía un lugarcito donde te daban un plato de pescado frito con gandules y arroz. Y una cerveza —dijo—. Era el tipo de sitio al que todos los vecinos venían y se sentaban en el patio durante horas para comer y beber y ponerse al día de todos los chismes.

—¿Qué pasó con la casa de tu madre?

—Todo se destruyó en aquel huracán.

Mónica agarró una servilleta de papel del recipiente que había sobre la mesa y se secó los ojos. Incluso parecía que el Senador Algo iba a llorar.

—Lo siento —dije.

—Pero ahora estamos aquí. Y algún día, mi marido y yo, abriremos nuestro propio pequeño local donde freiremos algo de pescado y cocinaremos arroz y gandules y todo el mundo se quedará horas y horas chismeando. Algún día.

—Ganarás un millón de dólares si cocinas así —dije, señalando con el tenedor sus guisantes de paloma.

El Senador Algo ladró en señal de acuerdo. Ella sonrió.

—Por eso trabajo horas extra. Para ahorrar dinero —bajó la voz—. Y por eso debo escuchar el mensaje de Chickcharney.

—¿Chickcharney te va a ayudar a abrir un restaurante? —pregunté.

—No exactamente —dijo ella—. Pero su mensaje, estoy segura de que es de mi madre.

—¿Por qué no la llamas?

—Ojalá pudiera. Mi madre no está aquí.

Los guisantes de paloma se sintieron como una piedra en el estómago. Mónica no quería decir que su madre no estuviera aquí en el Para Llevar. Quería decir que su madre había muerto.

Mi madre había muerto.

Mamá. Solía pensar en ella todos los días. Ahora, sólo pensaba en ella a veces. ¿Creía Mamá que me estaba olvidando de ella? ¡Imposible! Pero era difícil recordar su voz cuando me llamaba "Fina Finay". Mamá. Si mi Mamá tuviera un mensaje para mí, yo también querría oírlo. Igual que Mónica.

Y entonces se me ocurrió una idea: ¿era posible que Chickcharney también tuviera un mensaje para mí? ¿De mamá?

Qué tontería. ¿Por qué iba mamá a enviar un pájaro a entregar un mensaje? Además, ni siquiera sabía si el pájaro era real. Pero aun así...

—¿Tienes alguna prueba —le pregunté a Mónica— de que Chickcharney está aquí de verdad?

Ella miró alrededor de la habitación, luego se inclinó y susurró. —Todas las noches le dejo comida. Cada mañana, cuando vengo a trabajar, el plato está vacío.

No se lo dije a Mónica, pero era más probable que los conserjes tiraran la comida todas las noches.

—¿Harás esto por mí, Fina? ¿Encontrarás a Chickcharney?

Miré al Senador Algo. Asintió con la cabeza. Estaba de acuerdo. Necesitaba ayudar a Mónica. Y tal vez, sólo tal vez, Chickcharney tendría un mensaje para mí también.

—Lo intentaré —dije.

¿Pero cómo?

Llevé al Senador Algo a su oficina y caminé a casa con Papá. Antes de que llegara Abuelita, hacíamos eso todas las noches. Ahora ya no. Fue agradable volver a tenerlo para mí sola durante unas cuadras, caminando frente a la Biblioteca del Congreso. Abrí la boca para hablarle de mi investigación sobre Chickcharney, de cómo estaba ayudando a Mónica, pero sonó el teléfono de recaudación de fondos.

Era el CDCC, el Comité Demócrata de Campaña del Congreso. Llamaban para recordarle a Papá la reunión para su recaudación de fondos.

Cuesta mucho ser congresista. Papá siempre buscaba dinero para pagar los carteles, las calcomanías y las donas de los voluntarios que iban de puerta en puerta para registrar a los votantes y pedirles que votaran por Arturo Mendoza. Los voluntarios comían muchas donas.

A veces, la política es cuestión de comida. Para la recaudación de fondos, Papá invitó a los mejores chefs de los mejores camiones de comida de Los Ángeles a venir a Washington y cocinar para la gente que le daría dinero para presentarse a la reelección. Esperaba que me invitaran. También esperaba no tener que gastar nada de mi dinero de paseadora de perro para ir a la recaudación de fondos.

No tuve ocasión de contarle a Papá mi último caso. Habló y habló por teléfono todo el camino a casa. Cuando abrí la puerta de casa, parecía que el salón había sido azotado por un huracán. El sofá estaba cubierto de montones de suéteres y pilas de polos. O más bien, trozos de suéteres y camisas. Había alfileres de gancho por todas partes. Trozos de tela e hilo cubrían el suelo. La máquina de coser de Abuelita estaba en medio de la mesa del comedor. Gabby estaba sentada frente a ella.

—¿Qué pasa aquí, mija? —preguntó Papá.

—Estoy arreglando mi ropa —dijo Gabby—. No me das suficiente mesada para comprar nada nuevo.

Gabby llevaba quejándose de su mesada desde que cumplió dieciséis años.

—Llevas uniforme a la escuela —dijo Papá—. ¿Cuánta ropa necesitas?

—Tenemos día de vestido libre una vez al mes y no puedo seguir llevando las mismas cosas —respondió Gabby.

Gabby estaba cortando mangas de sus viejos suéteres y haciendo agujeros en sus jeans a propósito.

—¿Qué estás mirando? —preguntó.

—Nada —le dije y subí.

Cuando Gabby estaba de mal humor, era mejor estar en otro sitio.

Habían habido muchos cambios en nuestra casa alquilada de la Calle A SE desde que llegó Abuelita. No podía pintar las paredes, pero Abuelita decidió que debía cambiar todo lo demás.

Empezaron a llegar cajas misteriosas. Se fueron las cortinas de la cocina, de la sala y hasta de los dormitorios. Llegaron metros y metros de tela. Una tenía girasoles y abejas que te hacían sonreír. Se puso en la cocina. Abuelita cubrió las ventanas del salón con una suave tela verde aterciopelada que tocaba el suelo. No paraba de recordarme que no la tocara a menos que acabara de lavarme las manos. "¡No quiero mantequilla de cacahuate cubriendo las cortinas!". Así las llamaba. Cortinas. Me gustaba la parte con flecos en la parte de abajo. Me hacían cosquillas en los dedos cuando los frotaba contra los hilos retorcidos.

Abuelita puso alfombrillas de goma en los estantes de la cocina y compró un nuevo portacepillos de dientes y una alfombrilla de baño peluda para el cuarto de baño. Lo encargó todo por Internet. "Creo que tu segundo nombre es Amazon", le dijo Papá.

Lo único que Abuelita no pudo cambiar fue la puerta de nuestra casa. Descubrió que en Washington el azul era un color demócrata. El rojo era para los republicanos. Abuelita no era demócrata. Ella y Papá solían discutir a veces sobre política hasta que Mamá les decía "basta". Para Abuelita, nuestra puerta azul era un recordatorio diario de que vivía en una casa demócrata.

Casi hubo una gran pelea entre Abuelita y Papá, pero no fue por política. Empezó cuando Abuelita decidió cambiar los muebles de lugar. No eran nuestros muebles. Venían con la casa. Empujó el sofá hacia la ventana delantera y arrastró dos sillones grandes por el salón para que estuvieran más cerca de la chimenea. Colocó la fea mesa auxiliar al final del largo pasillo de abajo.

Luego subió las escaleras y bajó algo envuelto en papel de seda. Era una fotografía en un elegante marco dorado, una foto de mamá con su toga azul de graduación, tomada el día que terminó la escuela de derecho.

No teníamos fotos de mamá colgadas en las paredes ni en las estanterías. A Papá le entristecían demasiado. Algunas noches, cuando Papá trabajaba hasta tarde en la oficina, Gabby y yo abríamos la laptop y mirábamos las viejas fotos guardadas en el disco duro, una por una. Eran fotos de nuestra antigua vida, allá en Los Ángeles, cuando mamá aún vivía.

Abuelita puso la fotografía de mamá en la mesa del fondo del pasillo. Era exactamente el mismo lugar donde Gabby y yo habíamos hecho un altar del Día de los Muertos el otoño pasado. Habíamos cubierto la mesa con una funda de almohada de encaje y un jarroncito de flores que Gabby "tomó prestado" de la casa de al lado, y un brownie y la sección de deportes del periódico. En el centro, pusimos nuestra foto favorita de mamá. Deshicimos el altar antes de que Papá pudiera verlo.

¿Qué diría cuando viera el altarcito de Abuelita?

Papá tardó un par de días en darse cuenta.

—¿Qué es eso, mamá? —preguntó señalando.

—La mesa se ve mucho mejor aquí —dijo, sin mencionar la foto de mamá.

Papá abrió la boca para decir algo. Gabby y yo contuvimos la respiración. Papá cerró la boca. No volvió a mencionarlo.

Esta noche, mientras papá hablaba por teléfono y Abuelita y Gabby lavaban los platos, me arrastré por el pasillo hasta la mesita. Toqué suavemente la foto.

—¿Tienes algún mensaje para mí, mamá? —pregunté.

No contestó. Pero tal vez Chickcharney lo haría.

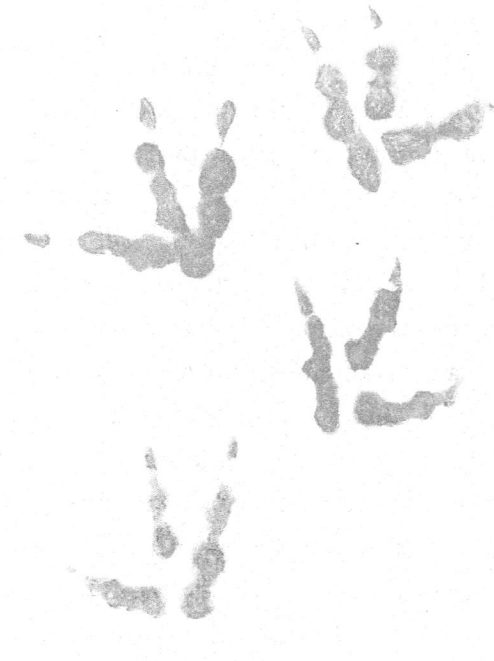

Capítulo 5

Cada miembro del Congreso puede llevar a una persona al discurso sobre el Estado de la Unión.

—Normalmente, uno elige a un invitado para que exponga un tema que le preocupa, como el control de armas, el crecimiento de las pequeñas empresas o la educación —dijo Papá—. Esta noche voy a hablar de la familia. Por fin somos una familia, por fin estamos aquí juntos.

Bueno, más o menos. Gabby no quería venir. No le interesaba la política, le dijo a Papá tantas veces como él quiso escucharla. Así que Abuelita consiguió el boleto de Papá y la Congresista Mitchell me dio el suyo. Era como mi jefa. Me pagaba cinco dólares al día por acompañar al Senador Algo. Cuando me dio mi dinero la semana pasada, también me dio un elegante boleto de cartón para el discurso del Estado de la Unión.

—Es como oro —me dijo—. No lo pierdas.

Por supuesto, lo perdí. Papá dijo que era porque no estaba pensando en "la tarea que tenía entre manos". La buena noticia fue que Gabby encontró el boleto al lado del lavabo del baño. Debí dejarlo allí mientras me lavaba los dientes.

Papá nos dijo que nos pusiéramos nuestra ropa más bonita. Eso significaba el vestido de Navidad que Abuelita me había cosido. Era rojo brillante, lo cual estaba bien, pero tenía olanes anticuados en la falda y me picaba. Me sentía estúpida, como si llevara un disfraz en una obra de teatro de la escuela. Quería ponerme el uniforme de la escuela, pero Abuelita dijo que era una noche importante y que tenía que "vestirme para el papel". Quería decir que tenía que parecer la hija del hombre que iba a salir en televisión después del discurso del Estado de la Unión para decirle a Estados Unidos todas las cosas que el presidente había dicho que estaban mal, y decirlas en español.

Abuelita agarraba su boleto del Estado de la Unión con tanta fuerza que pensé que lo rompería. Me apretaban los zapatos mientras caminábamos hacia el Capitolio. No me había puesto los zapatos negros brillantes de la iglesia desde la Pascua pasada. Ahora me quedaban pequeños.

Le enseñé a Abuelita lo que tenía que hacer mientras pasábamos por un montón de controles de seguridad, metiendo las llaves de la casa y mis pulseras en el pequeño recipiente de plástico de la máquina de rayos X y pasando por el detector de metales. Finalmente, subimos a la galería de la Cámara, el balcón que da a la planta baja. Las escaleras de la galería estaban muy empinadas y me preocupaba que Abuelita se cayera por el borde y aterrizara sobre los legisladores de abajo.

Papá nos dijo que tendríamos que subir corriendo las escaleras para salir de la tribuna antes de que terminara el discurso.

—No pierdas de vista a las personas de la zona de prensa —dijo Papá—. Tienen una copia en papel del discurso.

Cuando el presidente llegue a la penúltima página, tu trabajo es abandonar la tribuna y bajar aquí antes de que el presidente termine.

—¿Por qué? —pregunté.

Cuando el presidente se mueve de lugar, el Servicio Secreto bloquea el lugar —dijo Papá—. Si te quedas atrapada, no te dejarán salir de la tribuna hasta que él esté a salvo en su limusina de regreso a la Casa Blanca. Si quieres oír mi discurso, tienes que bajar antes de que te encierren.

En cuanto Abuelita y yo nos sentamos, miré a los periodistas. Nadie tenía aún la copia en papel del discurso. Estaban ocupados hablando por los micrófonos, describiendo lo que podían ver y diciendo a la gente de la televisión y la radio de qué pensaban que hablaría el presidente en su discurso.

Los periodistas no eran los únicos que hablaban. En el hemiciclo de la Cámara de Representantes había una especie de estruendo: los legisladores hablaban por encima de los demás. Había más gente de lo habitual. Normalmente, los senadores se quedan en su lado del Capitolio. Pero esta noche, un centenar de ellos vinieron aquí para amontonarse en las sillas adicionales en el piso de la Cámara para el discurso del presidente. Excepto que ninguno de ellos se sentó. Estaban de pie, dándose golpes en la espalda y estrechando muchas manos. Y al igual que cuando los miembros de la Cámara estaban allí solos, los senadores Republicanos estaban en un lado de la cámara y los Demócratas en el otro.

Nuestros asientos estaban justo encima de las sillas republicanas. Vi a la congresista Mitchell. Debió de sentir mis ojos clavados en ella porque levantó la vista y me saludó. Le devolví el saludo, pero entonces me preocupé por si me metía en problemas. No sabía si se podía saludar a la gente en la Cámara.

La puerta trasera de la cámara se abrió y entró un montón de gente. —Es el gabinete —le dije a Abuelita—. Trabajan para el presidente.

Después del gabinete, entraron algunos generales con uniformes cubiertos de cintas y alfileres. A continuación, entró un grupo con togas negras como de coro. Era el Tribunal Supremo. Y entonces la vi a ella, con su pelo negro rizado y sus anteojos con marco negro y sí, ¡incluso sus pulseras ruidosas como las mías!

—¡Hola, juez Sotomayor! —gritó Abuelita.

Ahora estábamos en problemas. A Abuelita le encantaba la jueza Sotomayor, pero yo sabía que gritar a la gente en la Cámara no estaba bien. Papá me dio una lista de reglas cuando le enseñé mi boleto. "No reírse a menos que todo el mundo se ría y sea una broma de verdad. Nada de llamar la atención. Y nada de hablar".

Abuelita no sólo hablaba. Gritaba.

—¡Te amamos!

Yo también amaba a la jueza Sotomayor. Pero no estaba segura de querer que todos los miembros del Congreso y todos los generales y todos los que veían la televisión lo supieran.

—¡Shh, Abuelita! —susurré, tirando de su vestido para intentar que volviera a sentarse. No se sentó. Miré a mi alrededor para ver si venía algún policía del Capitolio a llevarnos.

Pero entonces, la juez Sotomayor miró a la gente en la tribuna. Abuelita saludó.

—No hagas eso, Abuelita —le susurré.

No me hizo caso. Siguió saludando. Justo cuando los otros jueces se sentaban, Sonia Sotomayor le devolvió el saludo a Abuelita, con sus pulseras tintineando tan fuerte que podía oírlas aquí arriba. No me lo podía creer.

—Cierra la boca, Fina —susurró Abuelita—. Te van a entrar moscas.

Quería a mi abuela, pero a veces deseaba que no fuera mi abuela. Esta noche deseaba que fuera una extraña sentada a mi lado. Fingí que era una turista y que era la primera vez que visitaba Washington D.C. Miré las luces antiguas junto a las puertas y la bandera americana gigante detrás de la silla donde se sentaba el Presidente de la Cámara. Miré al techo. Supongo que nunca había mirado hacia arriba todas las veces que había visto a Papá pronunciar discursos en la Cámara. Allí había un águila. No era un águila de verdad, sino una de cristal blanco. No era muy bonita, pero era bastante... grande. Me quedé mirándola tanto tiempo que me pareció oírla chillar "¡kiiii!".

—Sí, claro —me dije—. Las águilas de cristal no chillan.

—¡Kiiii!

Me volví hacia Abuelita. —¿Oíste eso?

—¿Oír qué, mija?

De repente, hubo un murmullo a nuestro alrededor y mucha gente se puso en pie. ¿Había llegado por fin el presidente?

No. Era su mujer. Justo unas filas a la izquierda de nosotros, la primera dama bajaba con cuidado aquellos empinados escalones con unos tacones altísimos. Llevaba un vestido verde del color del dinero, con una hilera de brillantes botones dorados en la parte delantera. Sus dos hijos llevaban trajes de Primera Comunión. Me pregunté si causarían problemas durante el discurso.

Se hizo un gran silencio y un hombre calvo con una voz fuerte anunció: "Señor Portavoz, el presidente de los Estados Unidos."

Hubo mucho vitoreo en un lado del hemiciclo y algunos aplausos de cortesía en el otro.

La puerta trasera se abrió de nuevo y el presidente entró. No llegó muy lejos porque tuvo que dar la mano a todos los legisladores que se sentaban en los extremos de las filas de sillas. "Claudia me dijo que tenían que llegar antes de la hora del almuerzo si querían reservar esos asientos —le susurré a Abuelita—. Creo que sólo quieren salir en la tele".

Por fin, el presidente se acercó al micrófono y empezó a hablar. Fue un largo discurso sobre muchas cosas. Incluso habló de inmigración, o al menos de cómo no quería que el Congreso se metiera con ella. "Ninguna amnistía, nunca", dijo.

Abuelita refunfuñó en voz baja. Menos mal que el presidente no hablaba español.

El presidente señaló a soldados, enfermeras y granjeros sentados a nuestro alrededor y contó historias sobre ellos. La gente aplaudió. Yo bostezaba.

—No te duermas, —me susurró Abuelita.

No era sólo porque el discurso fuera aburrido. Era tarde. El presidente no empezó a hablar hasta después de mi hora de dormir. Decidí que podía mantener los ojos ocupados contando cuántas veces aplaudía la gente y ver quién aplaudía, si los demócratas o los republicanos. Una vez, creo que fue cuando el presidente mencionó a los veteranos que intentaban conseguir una mejor asistencia sanitaria, ambos bandos aplaudieron. Pero solo esa vez.

Y entonces ocurrió. Justo cuando el presidente levantó el brazo para señalar a otra persona en la tribuna, algo cayó del techo. Aterrizó justo en medio del esponjoso pelo del presidente.

—Pero qué... —el presidente se palmeó la cabeza.

Su pelo perfectamente engominado parecía tan crujiente como un nido de pájaros. Se miró la mano. Olió su mano. Hizo una mueca.

—¡Kiiii!

Todo el mundo levantó la vista. Era un pájaro.

Hubo un gran silencio en la Cámara.

Y entonces un legislador gritó: "¡Atrapen a ese pájaro!"

Los agentes del Servicio Secreto corrieron al hemiciclo y rodearon al presidente. Los legisladores empezaron a hablar en voz alta, señalando al techo. La gente sentada en la tribuna miró hacia arriba, gritando: "Creo que voló por allí" y "¡hay una pluma!".

Un pájaro. Un embaucador. ¿Podría ser el Chickcharney de Mónica?

—Vamos—, susurró Abuelita.

—Pero...

—Ahora, —dijo ella—. ¡Ándale!

Ella saltó y se arrastró por encima de tres personas en nuestra fila, arrastrándome detrás de ella.

—Disculpen, —les dije a todos, pero me di cuenta de que estaban enfadados con nosotros.

Subimos los empinados escalones de concreto y salimos corriendo por las puertas superiores. Abuelita se movía bastante rápido para alguien que se había roto una pierna no hacía tantos meses. Pulsé el botón del ascensor.

—Los ascensores no, —dijo.

En lugar de eso, bajamos por la amplia escalera de mármol. Había desniveles en el centro debido a todos los legisladores que habían subido y bajado los mismos escalones a lo largo de los años. Pasamos por delante del cuadro gigante de una caravana con un hombre a caballo apuntando al frente. Pasamos junto a la policía del Capitolio que vigilaba el pasillo de abajo, mostrando nuestros pases familiares. Esta noche había mucha policía. Nosotras corrimos hasta la puerta de Statuary Hall, donde los periodistas, las cámaras de televisión, las luces brillantes y los kilómetros de cable llenaban cada centímetro de espacio. Los periodistas esperaban a que los legisladores salieran y dijeran algo sobre el discurso del presidente.

—¡Hey! —nos gritó un periodista—. ¿Qué ha pasado ahí dentro?

Pero no podíamos parar. Teníamos que darnos prisa. Papá dijo que nos dejarían fuera si no estábamos en la sala cuando empezara a hablar en la tele.

Encontramos la habitación H-230 y abrimos la puerta. Papá estaba sentado en un sillón de cuero junto a una bandera estadounidense. Siempre había una bandera estadounidense cerca cuando alguien del Congreso salía en la tele.

Papá repasaba sus notas. Sus gafas reflejaban las brillantes luces de la televisión. Tenía la cara llena de maquillaje.

—¡Arturo! —Abuelita llamó—. ¡Lo conseguimos!

Una docena de personas la hicieron callar, incluso la maquilladora.

—Entramos en directo en dos minutos—, dijo una mujer con auriculares y un pequeño micrófono, el tipo que los entrenadores de fútbol utilizan el día del partido.

—Siéntense aquí, —dijo un hombre con un sujetapapeles.

Nos llevaron a un sofá en una esquina donde casi se podía ver a Papá.

—Aquí vamos en tres, dos, uno...

—Buenas noches, —dijo Papá mientras se presentaba a la gente que le veía por Univisión—. Soy Congresista Arturo Mendoza.

Ningún pájaro hizo popó en la cabeza de Papá. De hecho, ni siquiera mencionó al pájaro. En cambio, habló de inmigración. Habló de las cosas buenas que los inmigrantes trajeron a este país, del duro trabajo que hicieron y de los pequeños negocios que pusieron en marcha. No habló tanto como el presidente. Pero Papá parecía un presidente.

Me senté a pensar cómo sería vivir en la Casa Blanca. Si Papá fuera presidente, probablemente yo estaría rodeada de cien agentes del Servicio Secreto, incluso en la escuela. Eso enfurecería a Becka. Pero si fuera Primera Hija, probablemente ya no podría pasear al Senador Algo. Me pregunté si el Senador Algo estaría viendo la tele esta noche.

Y entonces se acabó. La gente en la sala aplaudió, Abuelita la más ruidosa de todos. Le dio un beso a Papá y acabó con la cara manchada de maquillaje. Usó el pañuelo para limpiárselo y luego se lo limpió a Papá.

—¿Cómo me fue, mija? —preguntó él.

—¡Súper, Papá! Ojalá pudiera ser tan valiente como tú cuando tenga que pararme delante de la clase. ¿Cómo lo haces?

—Práctica, mija. Práctica.

Hubo una fiesta después del discurso de Papá en una sala fuera del despacho de la Líder de la Minoría. Aunque no supiera dónde era la fiesta, probablemente la habría encontrado con sólo seguir el ruido. La gente hablaba y reía y un grupo tocaba una canción disco de las antiguas.

Abuelita silbó cuando se asomó al interior de la sala. Había dos chimeneas, los típicos candelabros de araña gigantes e incluso el cuadro de George Washington de mi libro de historia.

—Muy elegante, Fina, —dijo.

No vi a Papá, pero Claudia nos vio a nosotros. Nos hizo señas para que nos acercáramos.

—¡Fina! Casi no te reconozco con tus fabulosas galas.

No era fabulosa. El vestido seguía raspando. Abuelita me decía que, si no quitaba las manos del olán, lo cortaría. Se refería al olán, no a mis manos.

—Y ésta debe de ser la señora Mendoza.

Me pareció extraño oír a Abuelita llamarse señora Mendoza. Y triste. Así se llamaba mi mamá. A mamá le hubiera encantado estar aquí esta noche. Habría estado muy orgullosa de Papá. Pero Mamá nunca se mudó a Washington con nosotros. La enterramos en California. Así que supongo que Abuelita era la única Sra. Mendoza ahora. Me aclaré la garganta, como hacía Papá cuando iba a presentar a alguien importante.

—Claudia, ella es mi Abuelita—.

—Un placer, —dijo Claudia—. He oído hablar mucho de la abuela de Fina.

—No creas ni una palabra, —dijo Abuelita con una sonrisa—. Y tú eres la mujer búho que sabe cómo hacer que mi hijo sea aún más inteligente.

—Eso no lo sé, —dijo Claudia—. ¿Mujer búho? —me susurró.

—Creo que es por tus lentes, —le susurré yo. Claudia se parecía un poco a un búho. Sus ojos marrones parecían gigantes detrás de los cristales.

Claudia sonrió con su sonrisa "educada hacia los extraños"

—¿Puedo ofrecerle algo de beber? ¿Un vaso de vino? ¿Una limonada? —preguntó.

—Limonada para dos estaría muy bien, —dijo Abuelita.

Claudia se acercó a la barra. La gente de la sala hablaba del pájaro que se había hecho popó en el presidente.

—Debe haber sido un pájaro demócrata, —dijo un hombre.

—Supongo que el discurso puso un huevo, —dijo una mujer—. Tal vez deberían llamarlo el discurso del Estado del Omelette.

Abuelita miró alrededor de la sala, arrugando la cara para ver mejor. Llevaba sus lentes en el bolso porque no quería parecer una anciana en su primera noche en el Capitolio.

Un hombre con camisa blanca y corbata de moño se acercó con una bandeja de pequeñas piezas de pan tostado con cosas encima. Se las ofreció a Abuelita y luego a mí. Olían a pescado.

—No, gracias, —le dije yo. No me gustaba mucho el pescado y tenía miedo de que lo que había encima del pan me cayera encima del vestido.

La gente empezó a aplaudir y las cámaras empezaron a parpadear cuando una señora delgada entró en la sala.

—Es la jefa, —susurró Claudia—. La Líder de la Minoría.

Abuelita me miró para que tradujera.

—El partido de Papá no ganó suficientes asientos en las últimas elecciones para estar al mando del Congreso, así que está en el partido minoritario, —le dije a Abuelita—. Si les va mejor la próxima vez, esa señora podría ser la Presidenta de la Cámara.

—Me recuerda a La Reina —dijo Abuelita.

No estaba segura de que a la Líder de la Minoría le gustara que la compararan con la Reina de Corazones de la suerte de Abuelita. Llevaba ese naipe consigo siempre que iba a los casinos indios. Era su amuleto de la buena suerte.

—Señoras y señores —dijo la Líder de la Minoría—. Esta noche, el presidente ha entregado un informe sobre cómo cree que nos está yendo como nación. Si me preguntan, le daría al presidente un 6 de calificación.

No me pareció un chiste muy gracioso. Pero todos en la sala se rieron. Supongo que tenían que reírse. Era su jefa.

Presentó a algunas personas y luego dijo: —Nuestra excelente respuesta en español fue pronunciada por el Honorable Arturo Mendoza de mi estado natal de California.

Fue entonces cuando Abuelita se puso las gafas para poder ver a Papá estrechar la mano de la Líder de la Minoría. La gente volvió a aplaudir. Se encendieron más cámaras. "¡Tutu!", gritó Abuelita. Así llamaba a Papá cuando era pequeño. ¡Tutu!

Papá se puso rojo.

—Bienvenido, Tutu —dijo la Líder de la Minoría.

Algunos de los invitados a la fiesta, que probablemente habían bebido más de dos copas de vino, empezaron a corear: "Tutu, Tutu, Tutu". Sentí que la cara se me ponía roja.

Papá saludó a la multitud y se acercó a nosotros. Empezó a despeinarme, pero Abuelita lo detuvo.

—Esta tarde me he pasado veinte minutos desenredándole el cabello. ¿Quieres que tu hija parezca un pájaro asustado en la televisión?

—No voy a salir en la televisión, Abuelita —le dije yo.

—Nunca se sabe —dijo Abuelita, mirando alrededor de la habitación a todas las cámaras.

—Es verdad —dijo Papá—. ¿Y qué tal estoy, mamá?

Papá llevaba el pelo suelto, como le gustaba cuando salía en la tele. Lo miré más de cerca. Seguía teniendo un aspecto anaranjado.

—Más guapo que nunca —dijo Abuelita.

Un hombre se acercó, le dio una palmada en la espalda a Papá y le estrechó la mano. Papá presentó a Abuelita y el hombre le dio la mano. Yo no quería estrechar manos. Estaba cansada.

Me acerqué a la mesa de los postres e intenté elegir entre las paletas de pastel o la galleta en forma de burro.

—¡Hola, Fina! —era Michael, de la escuela.

—¡Michael! ¿Qué haces aquí? —pregunté.

Michael señaló al otro lado de la habitación. Su padre era un reportero de televisión, entrevistando a la Líder de la Minoría.

—¿Lo atraparon? —preguntó Michael.

—¿Atrapar qué? —pregunté yo.

—Al pájaro. El que se hizo popó en el presidente. Es una gran historia. Nadie recordará nada de lo que dijo el presidente en su discurso. Mañana, todo el mundo se preguntará por ese pájaro.

Yo también me preguntaba por ese pájaro. ¿Era Chickcharney? ¿Debería contar al Servicio Secreto la leyenda de aquel pájaro de las Bahamas? ¿Me creerían?

—Michael, ¿qué piensas que le hará el Servicio Secreto o la policía del Capitolio a ese pájaro si lo atrapan? —pregunté.

—Dispararle, probablemente, —dijo Michael.

¿¡Dispararle!? Pobre pájaro. Y entonces tuve otro pensamiento: si mataban al pájaro, Mónica nunca oiría su mensaje. Ni yo tampoco.

Necesitaba consultar a mi socio detective. Necesitaba hablar con el Senador Algo.

Capítulo 6

El presidente estaba realmente enfadado por la popó de pájaro. Exigió que el Congreso iniciara una investigación inmediata. "Encuentren a ese pájaro", tuiteó.

—Mira esto, Fina —dijo Gabby en el desayuno. Me enseñó todos los gifs chistosos en redes sociales. Había videos cortos de pájaros haciendo caca en todo lo que no les gustaba: brócoli, multas de tráfico, los Astros de Houston. Incluso había un video de TikTok de huevos puestos en un nido que se parecía mucho al pelo del presidente.

—El pájaro del Estado de la Unión tiene incluso su propio hashtag en Twitter, —dijo—. PopóEnPOTUS.

POTUS era la abreviatura de President of the United States (Presidente de los Estados Unidos). Todo en Washington tenía un nombre normal y otro abreviado.

Abuelita veía discutir a los políticos de la tele por cable mientras preparaba el desayuno.

—Estoy esperando a que hablen del discurso de tu Papá, —me dijo señalando la pantalla.

—Podrías estar esperando mucho tiempo. Los únicos que hablan de la refutación del Estado de la Unión en español son los de la televisión en español, —dijo Papá mientras se sirvió una taza de café.

Papá tenía razón. Los políticos no mencionaron su discurso. Ni siquiera discutieron sobre el discurso del presidente. En lugar de eso, parlotearon una y otra vez sobre qué clase de pájaro había interrumpido el discurso sobre el Estado de la Unión. "Tiene que ser un águila", dijo uno. "Un águila es presidencial. Un ave noble. Nuestra ave nacional". La televisión mostró un millón de imágenes de águilas patrióticas. El otro tipo de la tele no estaba tan seguro. "Podría ser una paloma" se rio, cacareando como una gallina.

O algo más, pensé. Podría ser Chickcharney.

Los chicos de la tele dijeron que el equipo de fútbol americano de Filadelfia iba a enviar al presidente un casco con alas de águila pintadas para protegerle de futuros ataques de pájaros.

—Ja —dijo Papá, leyendo The Washington Post—. Aquí hay una carta al editor. Un águila se le abalanzó a un dron hace unos meses. A este tipo le preocupa que un águila ataque en picado el helicóptero presidencial cuando despegue del jardín de la Casa Blanca.

Apareció en la televisión un anuncio de la cadena de hamburguesas de Washington cuyas papas fritas eran grandes y aguadas. "Las tenemos, —decía el anuncio—. ¡Hamburguesas Águila Ejecutiva!".

—Eso no suena muy patriótico —dijo Abuelita—. Comerse al ave nacional.

—No son águilas de verdad, Abuelita —dijo Gabby—. Sólo son hamburguesas de pollo.

Aunque sólo fueran de pollo, yo no quería una hamburguesa de águila.

En la escuela también hablamos de águilas. La Sra. Greenwood nos enseñó la página web de las águilas calvas que vivían en el Arboreto Nacional, un parque gigante con muchos árboles. El ave macho se llamaba Sr. Presidente. La hembra aún no tenía nombre. Había una cámara apuntando a su nido. Tenía más palos que paja, como un pequeño fuerte en un árbol. También estaba vacío. La Sra. Greenwood dijo que los huevos no se pondrían hasta la primavera.

De fondo se oía el graznido de un cuervo e incluso el zumbido de una abeja. Pero también se oían los sonidos de la ciudad de Washington, D.C., con sirenas de fondo y un coche que sonaba como el del Tío Tom antes de que lo arreglara.

Finalmente, se oyó un batir de alas y un águila entró en escena. Una segunda ave aterrizó. Sus garras estaban afiladas y tenían cara de malos. Tal vez no de malos. Caras feroces de "no te metas conmigo". No parecían calvas. Parecía que llevaban cascos blancos de fútbol.

Nos quedamos mirando un rato y luego la Sra. Greenwood habló de cómo el águila calva se convirtió en símbolo de nuestro país.

—El Congreso Continental pidió a Benjamin Franklin, Thomas Jefferson y John Adams que diseñaran un emblema, una especie de avatar de lo que se convertiría en Estados Unidos. Hicieron falta tres comités y el Secretario del Congreso para llegar finalmente a un diseño. Y ese diseño incluía un águila calva.

La Sra. Greenwood dijo que Benjamin Franklin pensaba que no era el tipo de ave adecuado para Estados Unidos. Incluso escribió una carta a su hermana en la que calificaba al águila calva como "ave de mal carácter moral", ya que esperaba a que otra ave pescara un pez y luego lo robaba. "Franklin dijo que un pavo habría sido una mejor ave americana", dijo la Sra. Greenwood. Me pregunté qué comeríamos en Acción de Gracias si Benjamin Franklin se hubiera salido con la suya. "Porque el águila calva es nuestro símbolo nacional, se pueden encontrar águilas por todo Washington, —dijo la Sra. Greenwood—. Su tarea: encontrar algunas de esas águilas. Y escribir un informe de tres párrafos sobre ellas".

Eso fue fácil. Ya conocía el águila del techo de la Cámara de Representantes. Y recordaba una segunda águila que estaba encima de un palo de metal junto a la silla del presidente. Papá me dijo que el palo se llamaba maza. Escribiría sobre ellas. Me pregunté si habría más águilas dentro del Capitolio.

La Sra. Greenwood nos dio tiempo para investigar en nuestras laptops. Fui directamente a la página web del ADC, el Arquitecto del Capitolio. Él se encargaba de todos los murales y estatuas del Capitolio. El sitio web decía que había un águila de madera cubierta de oro en la antigua cámara del Senado. Y en Statuary Hall, esa gran sala donde se reunían todos los periodistas la noche del Estado de la Unión, había una estatua de la Dama de la Libertad con un águila a un lado y una serpiente al otro. Yo creía que eso significaba el bien y el mal, pero la página web decía que una serpiente significaba sabiduría.

Incluso había una gran águila en el propio Capitolio. Algo así. En lo alto de la cúpula del Capitolio había otra estatua, ésta de una dama llamada Libertad que llevaba un casco con un águila muerta encima. Las plumas sobresalían por todas partes y las patas del ave colgaban junto a su cara. No se puede ver desde el suelo, pero había una estatua de yeso de ella en el Centro de Visitantes del Capitolio. La miraba de cerca después de la escuela, cuando paseaba con el Senador Algo. También me daría la oportunidad de buscar a Chickcharney.

Las cosas estaban muy movidas en el Capitolio. Claudia dijo que el presidente le dijo al jefe de la policía del Capitolio que era "responsable de mantener el orden en el Capitolio de EE. UU.". En otras palabras, asegurarse de que los pájaros no le hicieran popó durante el discurso del Estado de la Unión.

—Prácticamente, todo el mundo en el Capitolio está buscando a ese pájaro, —dijo Claudia.

Oí voces y me asomé a la puerta del despacho de Papá. Un par de policías del Capitolio iluminaban el techo con sus linternas y se hablaban por los walkie-talkies.

—Despejado en la 5.ª planta de Cannon, —dijo uno de ellos—. Nos dirigimos a la 4.ª planta a continuación. Cambio.

—¿Están cazando pájaros?

—Sí —dijo Claudia—. Ya han subido y bajado por este pasillo dos veces esta tarde. Todo este alboroto por un estúpido pájaro.

—¿Le dispararán?

—No me los imagino practicando tiro dentro del Capitolio.

Eso me hizo sentir mejor.

—Lo que deberían hacer —dijo Claudia—, es abrir las puertas y dejar que el pájaro se vaya volando. Lo único que hizo fue hacer popó, el pobre.

Miré el reloj. Tenía que irme.

—Me voy a pasear al perro —le dije a Claudia.

—Otro tipo de popó —se rio.

El Senador Algo quería pasear por la plaza del lado este del Capitolio. Es el lugar donde todos los turistas hacen cola antes de pasar por los detectores de metales que hay justo a las puertas del Centro de Visitantes del Capitolio. Al Senador Algo no le interesaban los turistas. Le interesaban sus restos de comida. Los turistas no pueden entrar con comida al Capitolio. Si se les olvidaba, la policía del Capitolio les obligaba a tirar sus manzanas y patatas fritas en el cubo de la basura al final de la cola. El Senador Algo intentaba que le dieran las sobras a él.

Hoy, los turistas arrojaban sus papas fritas y cortezas de pan por toda la plaza, intentando atraer al pájaro del presidente. Los niños señalaban al cielo gritando "¡Cuidado! ¡Popó entrante!".

—Claudia tenía razón, —le dije al Senador Algo—. Parece que todo el mundo está buscando a esa águila. Vamos a ver la que hay en esa estatua de la Libertad.

Mostré mi pase familiar y acompañé al Senador Algo a través del detector de metales. Sonó un pitido, por supuesto, pero los policías nos hicieron pasar. Dentro, nos quedamos mirando la gigantesca estatua. El Senador Algo me miró, perplejo.

—Lo sé, —le dije—. Realmente parece tonta con un pájaro muerto en la cabeza.

El Senador Algo asintió con un "guau".

—Sabe, Senador Algo, todo el mundo está buscando al águila que se hizo popó en el presidente, —dije y miré atentamente al águila y negué con la cabeza—. Creo que es el mismo pájaro que Mónica quiere que encuentre. Chickcharney.

El Senador Algo me miró. Sabía que me estaba recordando que una buena detective no sacaba conclusiones precipitadas. Una buena detective investigaba, hacía preguntas y buscaba pistas.

—Tiene razón, Senador Algo. Es sólo un presentimiento. Repasemos lo que sabemos hasta ahora.

Saqué un cuaderno de mi mochila. Tenía una suave cubierta de cuero marrón, un regalo de Navidad de Claudia. "Para tu trabajo de detective", me había dicho.

Era mi cuaderno de casos. Así lo llamaba yo. Gabby lo llamaba mi "diario". No lo era. Un diario era donde escribías los nombres de todos los chicos que te gustaban o te quejabas de lo injusta que era Abuelita cuando decidía que te tocaba descargar el lavavajillas. Otra vez.

No escribía nada de eso en mi libro de casos. Era para mis investigaciones. Escribí toda la información que tenía sobre el pájaro de Mónica. Le mostré al Senador Algo las notas sobre que Chickcharney hacía travesuras. Ciertamente, hacer popó sobre el presidente era una travesura. Le dije que Mónica pensaba que Chickcharney tenía un mensaje especial para ella. No le dije que quizá el pájaro también tenía un mensaje para mí. Era mi secreto, mi secreto con mamá.

—Empecemos por donde Mónica vio a Chickcharney por primera vez, —le dije—. El sótano.

El Senador Algo ladró en acuerdo. Era un buen compañero. Me mantenía concentrada en resolver el caso. Atravesamos la puerta en la que se leía "Sólo para el Personal". Pasamos por delante de los estudios de televisión donde el presidente de la Cámara celebraba sus ruedas de prensa semanales. Pasamos por delante de los baños. Pasamos por delante de la escalera circular que bajaba a las salas de reuniones subterráneas, y llegamos a un pasillo que conducía a la parte antigua del Capitolio. Sentí un fuerte tirón de la correa. El Senador algo olfateaba.

Giramos a la derecha, luego a la izquierda y otra vez a la izquierda. Finalmente, se detuvo.

Por supuesto que lo hizo. El Senador Algo me miró con una sonrisa boba en la cara. Estábamos fuera del Para Llevar. Olía a hamburguesas.

—No lo creo—, le dije.

Se suponía que el Senador Algo sólo comía croquetas porque estaba engordando. O al menos la congresista Mitchell pensaba que lo estaba. Su ayudante John decía que cada vez que la congresista Mitchell se ponía a dieta, también lo hacía el Senador Algo. El gran perro naranja me lanzó una mirada que decía que se sentía insultado y que no estaba gordo. Era sólo que necesitaba un corte de pelo.

Dentro del Para Llevar, Mónica oyó mi voz.

Se dio la vuelta y me saludó. Esta tarde llevaba una peluca afro gigante. Le dijo algo a otra trabajadora que se hizo cargo de su caja registradora y salió corriendo hacia nosotros en el pasillo.

—¿Tienes noticias?

—Todavía no, —suspiré—. Pero medio Capitolio está buscando al águila que hizo popó sobre el presidente. Deberían atrapar a Chickcharney en cualquier momento.

—Pero no es mi pájaro, —dijo ella—. Mi pájaro no es un águila. No es Chickcharney.

—¿Cómo puedes estar segura?

—Lo he visto. Anoche. Después de cerrar mi registro. Salí al pasillo y allí estaba.—Señaló más allá de la puerta.

—¿Qué aspecto tenía?

—Pequeño, —dijo—. ¡Pero qué piernas! Muy largas. —Hizo un gesto para mostrarme lo largas que eran esas patas de pájaro—. Las águilas no tienen patas largas.

¿Tenía razón Mónica? ¿El pájaro que hizo popó sobre el presidente era otro pájaro? ¿Había dos pájaros en el Capitolio? Dos pájaros parecían aún más imposibles que uno solo.

—Señorita Prosper —dijo una voz grave—, creía que ya se había tomado su descanso de la tarde.

Era la jefa de Mónica. Llevaba cara amargada y una camisa blanca con las mangas arremangadas.

—Lo siento, Señora Banks. Enseguida voy. —Esperó a que su jefa se metiera en la pequeña oficina junto al refrigerador—.

—Me crees, ¿verdad, Fina? —susurró.

Le creía a Mónica. Tenía que encontrar a ese pájaro. Tenía que asegurarme de que Chickcharney entregara su mensaje a Mónica. Y tal vez a mí. Seguí investigando.

Después de cenar esa noche, le dije a Gabby que necesitaba la laptop. "Investigación", le dije.

Ya había escrito mi informe sobre todas las águilas del Capitolio de Estados Unidos y podía trabajar en mis fracciones durante el desayuno. Tenía que ver si Mónica tenía razón.

Mónica estaba convencida de que su pájaro no era un águila. Busqué en Google fotos de águilas y las estudié de cerca. Las reales se parecían mucho a las estatuas de águilas del Capitolio. No se parecían mucho al Chickcharney que Mónica describió. Tenía razón. Las patas del águila eran demasiado cortas. Mónica lo tenía muy claro.

¿Era posible que hubiera un águila de patas largas? Hojeé el gigantesco libro "Sibley Field Guide to Birds" que Gabby trajo a casa de la biblioteca y miré todas las águilas y sus descripciones. Ninguna tenía las patas largas.

Quería volver a ver un águila viva de verdad, para asegurarme de que Chickcharney no era un pariente. Hice clic en la cámara del águila. Estaba oscuro en aquellas ramas y no podía ver a los pájaros. Supuse que estarían durmiendo en su nido. Escuchar el audio se sentía casi como acampar, pero sin mosquitos ni malvaviscos. Se oía el viento en los árboles, el claxon de un coche de fondo y un chasquido. ¿Se movía el árbol con el viento? ¿O era otro pájaro? O…

—Hora de dormir, Fina, —dijo Papá asomando la cabeza por la puerta—. ¿Terminaste tu tarea?

—Casi, Papá.

"Casi" era verdad. No mencioné las fracciones que no terminé. No quería que Papá se enojara porque seguía investigando cuando sólo había sacado un 64 en el último examen de matemáticas.

—Tenemos que investigar sobre las águilas, —le dije mostrándole la cámara del águila.

—Déjalo para mañana. Hora de apagar las luces. ¿De acuerdo?

—De acuerdo, Papá. Te quiero.

—Yo también, Fina.

—Buenas noches, Señor Presidente y señora pájaro—, les dije a las águilas. Bostecé y cerré la laptop. Esa noche soñé que un pájaro gigante con cola de lagarto estaba sentado sobre mi pecho.

—¿Te crees muy lista, Fina Mendoza? —me dijo el pájaro, girando su fea cabeza hacia un lado para mirarme fijamente con un ojo. Parecía un águila, pero sus patas eran tan largas como las de una cigüeña.

—Más bien tienes un cerebro de pájaro, —dijo la criatura—. Buena suerte, chica detective.

Me desperté y descubrí que el pesado libro de pájaros seguía allí, aplastándome el pecho.

Capítulo 7

Durante el desayuno, Papá estaba haciendo sonar las monedas en su bolsillo, algo que siempre hacía cuando estaba emocionado por algo.

—¿Qué pasa, Papá? —le pregunté. Había hablado mucho por teléfono desde la noche del Estado de la Unión.

Papá sonrió y no dijo nada.

Todavía tenía que terminar los cuatro problemas de fracciones antes de ir a la escuela, pero era difícil concentrarse con Papá haciendo sonar las monedas.

—¡Arturo! —le regañó Abuelita.

—Perdona, mamá —dijo y me guiñó un ojo.

Aparté mi plato de pan tostado con pasas y mantequilla de cacahuate y saqué el lápiz. Siempre me apuraba para terminar la tarea de matemáticas. No era justo. Papá era un genio en matemáticas y Gabby iba a todas esas clases de nivel avanzado. ¿Por qué yo era tan tonta?

Papá miró por encima de mi hombro los arañazos de pollo que la Sra. Greenwood siempre insistía en que entregáramos con la tarea. No eran verdaderos arañazos de gallina, sino garabatos y fórmulas tachadas que utilizábamos para averiguar las respuestas. Decía que quería ver nuestro trabajo, no sólo los resultados.

—Ahí, mija —dijo Papá—. Tercer paso. Ahí es donde te equivocaste.

Miré el tercer paso. Tenía razón. Corregí mi error y el resto de los problemas fueron fáciles. Bastante fáciles, al menos.

Papá me plantó un beso en la frente y tiró del pelo de Gabby.

—Oye, —protestó ella, levantando brevemente la vista de su teléfono.

—Adiós, mamá —dijo él, besando la mejilla de Abuelita—. Feliz día de San Valentín. —Le metió un sobre en el bolsillo—. Llegaré tarde a casa esta noche.

—¿Hasta qué hora, mijo? —preguntó ella—.

—Tarde, tarde. No hay cena para mí.

Y se fue. Papá, un hombre misterioso.

Abuelita suspiró, pero sonrió cuando abrió la tarjeta. Tenía un gran corazón rosa en frente. Una tarjeta de San Valentín.

—Se acuerda —dijo—. Incluso cuando está ocupado, se acuerda.

Odiaba el día de San Valentín. Tenías que llevar una caja de tarjetas a la escuela, una para cada alumno. Incluso una para la gente que no te caía muy bien y que, desde luego, NO era tu San Valentín.

Primero tuvimos que aprender sobre San Valentín en clase de religión. Ayudó a muchos ciegos a volver a ver. Luego los romanos lo mataron porque seguía celebrando bodas para parejas cristianas. Era el patrón de los novios, los desmayados, los viajeros y los apicultores. Puedo entender lo de los novios, pero ¿quién decidió que sería un buen santo para los apicultores y los desmayados?

Después de la lección sobre el santo, nos repartimos las tarjetas de San Valentín. Yo les di unas compradas en la tienda a todos menos a Michael. Para él, había hecho una tarjeta especial con mucha brillantina. No era exactamente mi San Valentín, pero se portó mejor conmigo que nadie de la clase. Me regaló una cajita de corazones de caramelo con frases. El mío decía "PurrFecto" y "Chica Genio".

Becka trajo magdalenas de lujo de la tienda en Georgetown, donde había que esperar una cola que daba la vuelta a la cuadra. Sabían bien, pero tenían demasiado glaseado. Me gustaban más las magdalenas de Abuelita.

Cuando llegué al Rayburn House Office Building después de la escuela, el Senador Algo olfateaba la magdalena. Mientras le ponía la correa, me olió por todas partes, intentando averiguar dónde la había escondido.

—Basta, Senador Algo. Me comí la magdalena —dije. Eso lo enfureció. Me hizo correr con él hasta el fondo de Capitol Hill hasta la estatua del General Grant. Y luego me hizo volver a subir.

Había un montón de periodistas en una zona de hierba muerta llamada el Triángulo de la Cámara, donde los legisladores daban las ruedas de prensa cuando el Presidente no les dejaba una sala. Los senadores tenían su propio lugar para las ruedas de prensa, llamado el Pantano del Senado. Nunca vi caimanes allí.

Como era una rueda de prensa demócrata, empezó tarde. Por supuesto. Papá dijo que 20 minutos tarde se llamaba "Tiempo Demócrata". En el siglo XX, Papá dijo que las conferencias de prensa del presidente Clinton empezaban más de una hora tarde y lo llamaban "Tiempo Clinton".

Los empleados comprobaban sus mensajes de texto para ver cuándo iba a aparecer su jefe. El técnico de sonido revisaba el micrófono por milésima vez. Una periodista debió de perderse su hora de comer. Estaba sentada en un banco junto a la banqueta, comiendo un sándwich.

—Vamos, Senador Algo —dije—. No hace falta que nos quedemos esperando, no somos periodistas.

No me escuchaba. Estaba congelado, con la nariz levantada. El Senador Algo tenía muy buen olfato.

—¿Qué pasa, muchacho? ¿Chickcharney?

No era Chickcharney. Era salami. El Senador Algo olió su comida favorita en el mundo.

En realidad, todos los alimentos del mundo eran los favoritos del Senador Algo, pero le gustaba especialmente el salami. Cuando al Senador Algo se le metía algo en la cabeza (o en la nariz) eso era todo. Me arrastró a través de la jauría de periodistas hasta el banquillo. El Senador Algo se detuvo justo delante del periodista.

—Vaya. Hola, —dijo la chica.

El Senador Algo no se quejó. No suplicó. Ni siquiera se lamió los labios. Se limitó a mirar el sándwich, a mirar a la periodista y a poner los ojos más tristes.

—Oh, qué bonito —dijo ella y le rascó la cabeza y le tiró de las orejas.

El Senador Algo suspiró profundamente.

—Quiere su salami, —dije.

—Tonterías —dijo la periodista—. Sólo quiere un poco de cariño. —Volvió a acariciar al perro. El Senador Algo puso una cara aún más triste.

—Salami —le dije.

Ella sacó una rebanada de su sándwich y arrancó un trozo.

—¿Está bien si le doy un mordisco?

—Bueno... —dije. Pero era demasiado tarde. El Senador Algo devoró la carne y se sentó sobre sus patas traseras, relamiéndose.

—¿Es tu perro? —la periodista se rio.

—No. Pertenece a la congresista Mitchell. Lo saco a pasear por ella. Es mi trabajo.

—Vicki Pearson. Roll Call. Encantada de conocerla.

Roll Call era el nombre de uno de los periódicos del Capitolio.

—Fina Mendoza, paseadora de perros profesional y detective.

—¡Detective! —dijo ella—. ¿Qué detectas?

—Muchas cosas —respondí. Sabía por Papá que no había que dar demasiada información a los periodistas.

—Es un perro muy dulce —dijo ella.

Los miembros del Congreso empezaron a ponerse en fila detrás del micrófono, intentando averiguar quién iba a hablar primero.

—Uy, de vuelta al trabajo —dijo ella—. Adiós, Senador Algo.

Me fijé en Papá, de pie cerca de los otros legisladores. Estaba hablando con Claudia. Aparté al Senador Algo detrás de las cámaras de televisión para que Papá no nos viera.

—Esta tarde —dijo uno de los legisladores, acercándose al micrófono—, me complace anunciar la creación de un equipo bipartidista de inmigración al que llamamos La Banda de los Ocho.

Sabía que bipartidista significaba tanto demócratas como republicanos, pero no sabía que hubiera una banda en el Congreso.

—Permítanme presentarles a uno de esos miembros, el hombre que dio la respuesta del Estado de la Unión en español, el congresista Arturo Mendoza, del distrito 34 del Congreso de California.

Hubo algunos aplausos, pero sólo del personal. Los periodistas no aplauden.

Papá habló de "cooperación bipartidista" y del "reto más importante de nuestros días", y siguió y siguió. El Senador Algo también debía de estar aburrido. Empezó a acercarse al lugar donde estaba Vicki. Intenté hacerle retroceder, pero fue inútil. Los periodistas se apretujaban a diestra y siniestra, diciendo "¡eh!" y "¡cuidado!" mientras el Senador Algo se abría paso hacia el frente.

Vicki no se dio cuenta. Se disponía a hacer una pregunta en cuanto el millonésimo legislador consecutivo terminara su discurso. El Senador Algo se detuvo a su lado, metiendo la nariz en su bolso.

—Congresista —dijo ella, agitando la mano en el aire—, ya que el presidente dijo que la amnistía no estaba sobre la mesa, quería saber por qué... ¡Eh! ¿Qué está haciendo?

Los congresistas pensaron que les estaba preguntando qué hacían con la inmigración, pero ella estaba hablando con el perro. Senador Algo había encontrado el resto de su sándwich. Lo sacó de su bolsa y lo tiró al suelo, rompiéndolo para llegar al salami. Trituró el envoltorio de papel. La lechuga y el tomate volaron de un lado a otro. "¡Hey!", dijo un reportero cuando la mostaza aterrizó en su chaqueta.

—¡Basta, Senador Algo! —dije lo más bajo que pude—. Para ahora mismo.

Papá lo vio todo. Abrió la boca para decir algo, pero Claudia le susurró al oído y se apresuró hacia la parte trasera del Triángulo de la Cámara, detrás de todos los periodistas. Sacó de su bolso el juguete chillón del Senador Algo. Era la pequeña maqueta del Monumento a Washington, la favorita del Senador Algo. Debía de haberlo dejado en el despacho de Papá.

Claudia lo hizo chillar y luego lo agitó en el aire por encima de las cabezas de los periodistas. El Senador Algo levantó la vista, vio el juguete y me arrastró lejos del sándwich destrozado hacia Claudia. Claudia siguió retrocediendo, cada vez más lejos de la rueda de prensa, cada vez más lejos de la cara no muy feliz de Papá.

Ya era demasiado tarde. El Senador Algo y yo estábamos en la casa para perros, figurativamente hablando.

En la cena de aquella noche, Papá no dijo nada de que el

Senador Algo y yo nos hubiéramos colado en su rueda de prensa. Probablemente, porque Gabby estaba de mal humor.

—Es un baile. Un baile escolar. No es para tanto.

—¿Y tu problema, mija? —preguntó Papá.

Gabby fulminó a Abuelita con la mirada. Abuelita no dijo nada. Dejó el tazón de pozole sobre la mesa con un golpe seco. En cuanto salió de la habitación, Gabby continuó

—Abuelita cree que ella debería ser una de las chaperonas. ¡Abuelita!

—¿Te da vergüenza tu abuela? —preguntó Papá.

—¡Claro que sí! No todo el tiempo. Sólo cuando voy a mi primer baile en mi nueva escuela. No quiero que todos piensen que soy una especie de extraterrestre.

Así que yo no era la única que quería un poco menos de Abuelita en su vida.

Abuelita trajo la ensalada.

—No hay problema, Arturo —le dijo a Papá—. Si Gabby no me quiere allí, no iré. Así de simple.

Se sentó y tomó mi mano izquierda y la derecha de Gabby.

—Que el Señor nos vuelva agradecidos por esta comida y esta familia. Podía sentir cómo apretaba mi mano. Con fuerza. Apuesto a que apretaba la mano de Gabby aún más fuerte.

—Y bendice a los que no tienen la suerte de tener comida y familia.

—A-MÉN —dijo Gabby, devolviéndole la mano y mirando fijamente a Abuelita.

Desde que llegó a Washington, Abuelita tenía un montón de ideas sobre lo que a Gabby y a mí se nos debía permitir hacer.

Ni siquiera le gustaba la idea de que yo paseara al Senador Algo después de la escuela.

—Tienes tarea, mija —me dijo una noche durante la cena.

—Puedo hacerlo, Abuelita. ¡Y mi perro me necesita! El Congreso me necesita.

—Déjala en paz, mamá —dijo Papá esa noche.

Papá pensaba que él mandaba, pero la verdad era que Abuelita era la jefa. Incluso la jefa de Papá. La vez que él le pidió que hiciera chiles rellenos para la cena, Abuelita negó con la cabeza.

—Ay, mijo, te ha crecido el estómago desde que te fuiste de California. No hay suficiente lechuga y naranjas. Nada de frituras para ti.

—Pero... —protestó él.

—¿Quieres que la gente te señale en C-SPAN y diga: "ahí está, el congresista gordo"?

Papá sabía cuándo rendirse. Dejó de pedir los chiles rellenos de Abuelita.

Abuelita tenía muchas opiniones. Le dijo a Gabby que dejara de llevar lo que ella llamaba "ropa de calle" a la escuela los viernes informales.

—Pero Abuelita, es el único día al mes en que no tengo que llevar ese estúpido uniforme —se quejó Gabby—. ¿Y qué pasa con la libertad de expresión? Es mi derecho constitucional.

—Puedes expresarte de otra forma que no sea llevando una sudadera con capucha y unas mallas a la escuela —dijo ella—. Debes mostrar respeto por tus profesores.

Abuelita hizo una lista de reglasa sobre lo que Gabby podía y no podía llevar fuera de casa.

- Nada de pestañas postizas. Aunque todas las chicas del canal Hallmark tenían capas y capas de pestañas, Abuelita decía que parecían postizas y que las pestañas postizas le decían a la gente que tú también eras postiza.
- Zapatos sensatos. En otras palabras, nada de zapatos con los que no pudieras andar ni una milla cuando los llevabas puestos.
- Nada de ropa transparentosa, aunque llevases una camiseta de tirantes debajo.
- Nada de pelo azul. Ni naranja. Ni verde.
- Que no se te viera el ombligo.

No recuerdo a Abuelita regañándonos todo el tiempo cuando vivíamos en California. Era como si Washington D.C. hubiera convertido a nuestra abuela en un pájaro enojado.

Casi habíamos terminado de comer, pero Gabby y Abuelita seguían enojadas por lo del baile. Intenté cambiar de tema.

—Papá, cuéntale a Abuelita lo de tu Banda de los Ocho.

—¿Qué es esto, Arturo? ¿Te vas a unir a una banda?

Papá acababa de meterse un tomate en la boca.

—No es una banda de verdad, Abuelita, —le dije—. Es sólo un grupo de Senadores y Congresistas peleándose por la inmigración.

—No se pelean, mija, —dijo Papá, tragando saliva—. No exactamente. Hace mucho, mucho tiempo que el Congreso no piensa qué hacer con toda la gente que ha venido a este país a buscarse una vida mejor. ¿Deberíamos enviarlos de vuelta? Si sí, ¿a quiénes? ¿A quién debemos permitir que se quede?

—Genial, —dijo Gabby, cogiendo la botella de aderezo para la ensalada—. Otro montón de reuniones. Quizá te veamos antes de Semana Santa.

—Gabby, por favor, extiendas el brazo por encima de la mesa. Pregunta si quieres que te pasen algo, —dijo Abuelita.

Gabby puso los ojos en blanco.

—¿Y por qué tú, Papá?

—Claudia dice que es porque Papá estuvo muy bien en televisión después del Estado de la Unión, —dije—. También le fue bien en la rueda de prensa de hoy.

Uy. ¿Por qué lo había mencionado? Ahora Papá me iba a gritar por haber traído al Senador Algo al Triángulo de la Cámara y casi arruinar su rueda de prensa.

Papá no tuvo oportunidad de gritarme. Abuelita tenía sus propios planes para el nuevo trabajo de Papá.

—Perfecto, Tutu, —dijo aplaudiendo—. Ahora puedes arreglarlo todo, de la misma manera que el presidente Reagan lo arregló todo para que yo pudiera convertirme en ciudadana estadounidense.

Abuelita nació en México. Vino a este país para unirse a nuestro abuelo, trabajando en una fábrica de globos y en un lavadero de coches, cobrando en efectivo. Nunca podía quejarse si su paga era inferior a lo que había ganado. Tenía miedo de que su jefe la denunciara a "la migra", la policía de inmigración. Abuelita siempre decía que el presidente Ronald Reagan le había cambiado la vida.

—Tuve que pasar la prueba, —dijo—, y tuve que traer una carretilla llena de papeles para demostrar que había trabajado aquí y pagado todos mis impuestos y que nunca había recibido dinero del gobierno ni me había metido en problemas con la ley.

—Nos has contado esta historia cientos de veces, Abuelita. —Gabby suspiró.

—Es la historia más importante de mi vida, mija, —dijo ella—. Y ahora tu padre tiene la oportunidad de su vida de ayudar a otros inmigrantes. Estoy orgullosa de ti, Tutu.

Capítulo 8

Llovió todo el sábado, frío y oscuro y miserable. A Gabby le daba igual. Actuó como si fuera el mejor día del planeta Tierra. Papá había convencido a Abuelita de que habría muchos chaperones en el baile de Gabby.

Gabby se miró en el espejo y luego se volteó hacia mí.

—¿Qué te parece? ¿Pelo recogido o suelto?

¿Gabby me estaba pidiendo mi opinión?

—Creo que parezco mayor con el pelo recogido, —dijo recogiéndose el pelo con una liga y retorciéndolo para hacerse un moño.

Me encogí de hombros. Seguía pareciéndose a Gabby. Pero con las uñas moradas.

—¿Qué te vas a poner?

—Es una sorpresa —dijo Gabby—. Mi amiga Olivia de la práctica de banda me prestó uno de sus vestidos. ¿Quieres ver cómo me hago los ojos ahumados?

—No, gracias —respondí. No quería ver a Gabby jugar con el maquillaje. Y como hacía mal tiempo, pasaría la tarde investigando—. No necesitas la laptop, ¿verdad?

—Es toda tuya —dijo ella—. ¿Sigues investigando sobre las águilas?

—Más o menos.

—Echa un vistazo a la Sociedad Audubon —dijo Gabby—. Son la gente encargada de los pájaros.

Luego puso la música a todo volumen, la forma que Gabby tenía de decirme que saliera de su habitación.

Cerré la puerta de mi habitación y abrí la laptop. No sabía cómo se escribía Audubon, pero Google lo resolvió.

La página web decía que Audubon era un tipo que pintaba cuadros de pájaros. La Sociedad Audubon protegía a las aves y los lugares donde vivían.

El sitio web tenía una historia sobre 13 supersticiones de aves. En otras palabras, historias cuya verdad no estaba garantizada. Las leí de todos modos. Al fin y al cabo, el Gato Demonio del Capitolio también era un mito, pero luego conocí al gato de verdad. No daba tanto miedo como en los cuentos.

Número uno en la lista de Audubon: si un pájaro te hacía popó en la cabeza, se suponía que daba buena suerte. Eso debería ser una buena noticia para el presidente, aunque él no lo creyera así.

Había muchos otros mitos sobre aves que eran interesantes. Por ejemplo, cuando un cisne doblaba el cuello hacia atrás, significaba que se avecinaba una tormenta. Y si ibas a nadar y no querías ahogarte, debías asegurarte de que había un chochín cerca. No había nada sobre un Chickcharney.

El último mito de la lista decía que cuando un pájaro entraba volando en una casa, había que esperar un mensaje importante. ¡Lo mismo decía Mónica sobre el Chickcharney! Pero tal vez ese mensaje no era para Mónica. O incluso para mí. Tal vez era para el presidente. Me pregunté qué era. Anoté todos los mitos en mi libro de casos.

—¡La cena, mijas! —llamó Abuelita desde abajo.

Miré el reloj. La tarde ya había pasado. Me pregunté si Gabby habría terminado de arreglarse para el baile. Llamé a su puerta.

—¿Qué?

—¿Puedo ver? —pregunté.

Gabby abrió la puerta. Llevaba el cabello elegante y debía de haberse puesto ocho capas de rímel en las pestañas. Todavía estaba en bata.

—¿Dónde está tu vestido?

—No quiero mancharlo de salsa de espagueti. Vamos a comer.

Nunca vi el vestido. Seguía lloviendo fuera y Gabby estaba envuelta en un impermeable, con los zapatos de baile en la mano para mantenerlos secos.

—¡Pero quiero una foto, mija! —dijo Abuelita—. Para mandársela a tus tías de Los Ángeles.

—¡Llego tarde, Abuelita! —dijo ella, dando un portazo y bajando corriendo los escalones de hierro hasta el coche de los padres de su amiga.

—Adolescentes —refunfuñó Abuelita. Ella también estaba de mal humor.

Capítulo 9

Menos mal que al Senador Algo le gustaba mucho el frío, porque en febrero hacía mucho frío en Washington. Su pelaje naranja era muy grueso y muy largo y no le importaba mojarse o congelarse las patas. La hierba seguía húmeda por la lluvia del fin de semana, pero al menos hoy el sol empezaba a asomarse entre las nubes. Se sentía bien caminar con el sol en la cabeza. Creo que el Senador Algo también se sentía así.

Caminar era bueno para detectar. A veces tu cerebro funcionaba mejor cuando te movías en vez de estar sentado frente a una computadora. A veces, la solución a un rompecabezas caía del cielo y aterrizaba justo dentro de tu cabeza.

Eso fue lo que ocurrió. Al pasar por delante de las fuentes de concreto sin agua en esta época del año, un pensamiento cayó del cielo: quizá Mónica tenía razón. Tal vez toda la policía del Capitolio había estado husmeando en el árbol equivocado. Habían estado buscando el tipo de pájaro equivocado.

Pensé en las fotos que había visto en Internet de Chickcharney. Parecía un búho aterrador con patas muy, muy largas.

¡Un búho! Quizá el pájaro misterioso del Capitolio era un búho.

—¿Qué piensa, Senador Algo?

Ladró en señal de acuerdo.

—¿Cree que hay búhos con patas realmente largas? —pregunté.

El Senador Algo pensó en esta pregunta y luego me miró. No parecía saberlo. Tenía que investigar más.

Había otro perro correteando por el parque sobre el estacionamiento. Era pequeño, de pelo como de alambre y ladraba como juguete chirriante. Empezó a ladrarle al Senador Algo. El Senador Algo no le devolvió el ladrido. Se limitó a mirarme, algo confuso. El Senador Algo no entendía por qué este pequeñuelo estaba tan enojado con él.

—Lo siento —dijo un hombre alto y calvo que paseaba al pequeño perro—. San Sebastián se piensa el rey del Capitolio.

—No parece demasiado santo —dije, tirando con fuerza de la correa del Senador Algo. No quería interponerme entre el pequeño rey y el Senador Algo.

—San Sebastián —dije—. ¿Era un santo famoso?

—No demasiado famoso. Pero era un tipo duro —dijo el hombre—. Como este pequeñín. —El perrito supo que el hombre hablaba de él. Meneó su mini-cola y bailó sobre sus mini-patas traseras.

—Sebastián era un guardia romano. Pero también era cristiano. Cuando los romanos se enteraron, le dispararon flechas.

—¿Murió?

—Con el tiempo. Es el santo patrón de los arqueros, atletas y soldados.

Eso tenía más sentido que todas las cosas que San Valentín estaba a cargo.

Extendió la mano.

—Padre Andrew.

—Fina Mendoza —dije, estrechando su mano con firmeza. Papá decía que un fuerte apretón de manos era importante en Washington. Me fijé en su chaqueta acolchada y sus tennis—. No parece un sacerdote.

—Mi cuello está en la lavandería.

—¿En serio?

—No. Sólo bromeaba —dijo.

—Los sacerdotes hacen voto de obediencia, pobreza y cosas por el estilo. No hacemos voto de perros. Mi último pastor los odiaba. Debió de morderle algún perro cuando era niño. Tuve que esperar a tener mi nuevo trabajo para poder adoptar a San Sebastián.

El sacerdote me resultaba familiar. Intenté imaginármelo con su uniforme de sacerdote.

—Espere un momento —dije—. Sé quién es. Es el Capellán de la Casa.

—Culpable de los cargos. Sin flechas, por favor.

—Dice la oración antes de que los legisladores empiecen a discutir sobre cosas —le dije.

—Debes de ver mucho C-SPAN —dijo.

—Sólo cuando tengo que hacerlo. Lo tienen siempre en la tele de la oficina. Mi padre es el congresista Arturo Mendoza. De California.

—Por supuesto —dijo.

—¿Y qué hace después de rezar en la Cámara?

—Jugar un poco al golf, hacer un pícnic en el Monasterio Franciscano, tomar una cerveza en el restaurante Tortilla Coast.

—¿En serio?

—Ojalá —dijo—. No, el Capellán de la Cámara es un trabajo a tiempo completo. Hay muchos asuntos difíciles para los legisladores. Estoy ahí para escuchar. Y para aconsejar.

San Sebastián había dejado de ladrar. Ahora olisqueaba al Senador Algo, que decidió que él era el perro más grande y le ignoró.

—Éste es el Senador Algo —le dije—. Uno de mis clientes.

—¡Clientes!

—Saco a pasear perros después de la escuela. Es mi trabajo —dije—.

—Bueno, Fina Mendoza, ¿aceptas alguna vez nuevos clientes? A veces tengo que oír confesiones o presidir un funeral o asesorar a un legislador. Pero el buen Santo sigue necesitando un paseo. ¿Te interesa?

—Cobro cinco dólares al día —dije, preguntándome si un sacerdote tendría de tanto dinero.

—Me parece razonable —dijo.

—Y tengo que conseguir el permiso de Papá y Abuelita.

—De nuevo, razonable —dijo.

—Y el Senador Algo tiene que aprobarlo —dije.

El padre Andrew se inclinó hasta quedar nariz con nariz con el Senador Algo. —¿Qué dices, Senador?

La peluda cola naranja se agitó como loca. Al senador Algo le gustaba el sacerdote alto, pero me di cuenta de que no estaba tan seguro del perrito. El padre Andrew no se dio cuenta.

—Parece que tenemos un trato —dijo.

Volvimos a darnos la mano. Todo el mundo se daba la mano en Washington.

Pasear a dos perros al mismo tiempo no fue tan fácil como pensé que sería.

Con el Senador Algo, antes de salir de la oficina discutíamos seriamente lo que íbamos a hacer en nuestros paseos. Si le decía que tenía mucha tarea que hacer y no tenía tiempo de llevarle hasta la Fuente Bartholdi, le prometía que lo haríamos otro día. También le prometía que le daría una golosina si accedía a volver a la oficina sin quejarse. La mayoría de las veces funcionaba. Me sentía como una experta en pasear perros.

Pasear a San Sebastián era totalmente diferente. Era como un niño pequeño. Tenía su propia manera de conseguir lo que quería, cuando lo quería. Cuando a San Sebastián se le metía algo en la cabeza, se daba la vuelta, me miraba y lloriqueaba. Un quejido fuerte y agudo. Era tan fuerte que los desconocidos de la calle me miraban como si le estuviera torturando o algo así.

A San Sebastián también le encantaban los botes de basura, olía cada pequeña cosa que había fuera y se revolcaba en los apestosos envoltorios de comida rápida y cigarrillos que no llegaban a entrar en el bote. El padre Andrew no estaba muy contento cuando su perro volvía a la oficina oliendo como un cenicero. Desde luego, San Sebastián no era ningún santo.

Cuando intenté pasear a San Sebastián con el Senador Algo, los dos querían mandar. Uno quería ir en una dirección y el otro en otra, y ambos tiraban de la correa. Creía que me iba a desprender de los brazos. Cuando por fin conseguí que los dos perros fueran en la misma dirección, San Sebastián se agachaba bajo la correa del Senador Algo y luego caminaba delante de él hasta que las dos correas estaban completamente enredadas. Tropecé, raspándome la rodilla y haciendo un agujero en mis medias.

El Senador Algo tampoco estaba actuando muy santamente. Sabía que sus piernas eran unas diez veces más largas que las de San Sebastián y se empeñaba en dar los pasos más largos posibles. Eso no detuvo a San Sebastián. Para ser un perro con patas tan pequeñas, San Sebastián se movía tan rápido como el Senador Algo.

No mentía cuando le dije a Papá que hacía mucho ejercicio paseando perros.

Lo peor era que el Senador Algo sabía que estaba siendo malo. No dejaba de mirar al desaliñado perrito con una mueca de desprecio en la cara, como diciendo: "Vaya rey del Capitolio que eres".

Pasear a dos perros llevaba mucho más tiempo que a uno solo. Era tiempo que no dedicaba a buscar a Chickcharney. Mañana, me prometí, haría tiempo para buscar a Chickcharney. Tenía que encontrarlo por Mónica. Tenía que escuchar su mensaje.

Aunque no fuera para mí.

Capítulo 10

Papá estaba en la tele esta noche. Era uno de esos programas de política en los que ves a la gente en recuadros. El de Papá estaba a la izquierda. La entrevistadora preguntó por qué seguía reunida la Banda de los Ocho, ya que no parecía haber avances.

—Hemos tenido muy buenas discusiones —dijo Papá.

—Pero no hay propuestas —dijo la señora de la tele.

—Todavía no —dijo Papá.

Cuando Papá llegó a casa, yo ya estaba en pijama. Parecía triste cuando me arropó y quise decirle algo bonito.

—Esta noche has salido muy guapo en la tele, Papá. No tan naranja.

Se rio y me besó en la frente.

—Veinte minutos de lectura y luego luces. Buenas noches, mija.

—Buenas noches, Papá.

Estuve a punto de contarle a Papá mi nueva investigación. Pero si le decía que quería encontrar a Chickcharney porque el pájaro tenía un mensaje de mamá, podría no creerme. Y si me creía, le entristecería que el pájaro tuviera un mensaje para mí, pero no para él.

Seguiría investigando por mi cuenta. Hojeé las páginas y páginas de imágenes de pájaros del libro de la biblioteca. Dividía las aves en grupos, como gaviotas, currucas o somormujos. Encontré la familia de los búhos.

Sabía que había búhos en Washington, D.C. Se les oía en Halloween, ululando por la noche. Pero los búhos del libro parecían búhos normales. Búhos comunes con caras en forma de corazón, búhos cornudos con cejas que asomaban en picos emplumados en lo alto de sus cabezas, búhos nivales que parecían muñecos de nieve de ojos amarillos. Ninguno de ellos se parecía a Chickcharney.

Las crías de búho eran las más espeluznantes. Sus cuerpos delgados y sus enormes ojos negros los hacían parecer alienígenas espaciales.

Estaba a punto de rendirme. Y entonces pasé la página. ¡Ahí estaba! ¡Chickcharney!

Su nombre oficial era Athene cunicularia, en honor a la diosa griega Atenea. En español, Mochuelo de Madriguera. No era muy grande, sólo medía unos veinte centímetros. Tenía manchas, la cabeza redonda y las patas muy largas. Él vivía en campos de cultivo abiertos, campos de golf y aeropuertos. Construía su nido bajo tierra.

La tribu Zuni llamaba a los búhos de madriguera el "sacerdote de los perritos de las praderas" porque un búho viejo y sabio salvó una vez a un pueblo de perritos de las praderas de una inundación. El búho consiguió que un escarabajo se comiera un montón de habichuelas y luego recogió sus pedos para hacer volar las nubes de lluvia. Aquello sí que era una leyenda extraña.

El libro decía que los búhos de madriguera no comían habichuelas, pero sí libélulas y lagartijas e incluso crías de conejo. Y ratones. Si algo aprendí de mi primer caso investigando al Gato Demonio del Capitolio fue que en el Capitolio de los Estados Unidos había muchos ratones. Si Mónica se olvidaba de poner sobras para su Chickcharney, al menos tendría mucho que comer.

Toda esa información era interesante, pero había un problema: no había búhos de madriguera en Washington D.C. La mayoría vivían en México, Florida o estados del oeste donde hacía calor la mayor parte del tiempo. Si un californiano como yo sentía frío aquí en febrero, aunque llevara gorro, guantes y mi abrigo nuevo, ¿qué posibilidades tenía un búho de madriguera?

El libro decía que era raro ver un búho de madriguera, incluso en el oeste, porque la población estaba disminuyendo. Probablemente, porque un campo de golf era un lugar peligroso para que viviera un pájaro, con las pelotas de golf volando y los carritos de golf conduciendo por todas partes. No era muy probable que los búhos de madriguera estuvieran volando alrededor de Washington. Pero al menos podía enseñarle a Mónica una foto de uno y ver si iba por buen camino.

No había nada en el libro que dijera que los búhos de madriguera se llamaran Chickcharneys, ni que transmitieran mensajes secretos.

Abajo se oyó un grito que definitivamente no sonaba como un pájaro. Era Gabby.

—¡Increíble! —gritó—. ¡Fina, ven a ver!

Corrí escaleras abajo. Gabby estaba prácticamente bailando delante del televisor. También lo estaba el hombre del tiempo mientras señalaba el mapa meteorológico.

—Es una tormenta de nieve —dijo—. Viene hacia nosotros. ¡Una grande! ¡Impresionante! Se esperan cantidades increíbles de nieve. La tormenta del siglo.

—Finalmente, Fina. Parece que se va a cumplir tu deseo. Una verdadera tormenta de nieve —dijo Gabby.

—¡Sí! —dije, levantando un puño en el aire.

El hombre del tiempo agitó los brazos salvajemente.

—Otro Nevarmagedón —dijo—. ¡Nevapocalipsis! ¡Nevazilla!

Pensé que los nombres eran bastante graciosos. Gabby y yo empezamos a inventarnos algunos. Blanca Nieves y los Siete Enanos Congelados. Frozen 3. El Señor de las Nieves.

Un montón de frases en letras naranjas se movían por la parte inferior de la pantalla: "Todas las escuelas del Distrito de Columbia, Maryland y Virginia permanecerán cerradas mañana. El servicio de metro será limitado. Todos los edificios gubernamentales estarán cerrados".

—¡No hay escuela! —gritamos al mismo tiempo.

Abuelita se carcajeó y se fue a la cocina. Yo me puse a pensar.

—Me pregunto cómo se preparan para una tormenta de nieve. ¿Preparas un kit para tormentas de nieve? ¿Como para un terremoto? Ya sabes, papel higiénico, agua para tres días, cosas de primeros auxilios...

Gabby asintió

—Linternas y pilas —dijo—. Por si se va la luz.

Podía oír a Abuelita golpeando ollas y sartenes en la estufa.

—¿Qué está pasando aquí abajo? —preguntó Papá, bajando las escaleras—. No oigo ni mis pensamientos.

Gabby y yo señalamos la cocina.

—¿Mamá? ¿Qué pasa?

—Preparándonos para Nevazilla —dijo desde la otra habitación.

—¡Papá, el hombre del tiempo dice que es una tormenta gigantesca! Van a cerrar toda la ciudad.

—Lo sé. Mañana cierran el Congreso.

Miré por la ventana. No había nieve. Al menos, todavía no.

—¿Qué hacemos, Papá? —pregunté.

Papá era californiano, como yo, Gabby y Abuelita, pero había vivido en Washington un par de inviernos. Conocía las tormentas de nieve.

—Conociendo el tiempo de Washington —dijo—, probablemente no será nada. Pero por si acaso...

Por si acaso, pasamos una hora buscando las palas de nieve, las botas, los gorros y los guantes. Abuelita cocinó suficiente estofado de ternera llamado birria de res para alimentar a todo Capitol Hill. Gabby reunió todas las pilas de la casa y cargamos la laptop y todos los teléfonos de Papá. También cargamos los teléfonos de Gabby y Abuelita.

Al final, nos quedamos sin nada que cargar, así que nos sentamos frente al televisor y vimos cómo la onda púrpura del mapa meteorológico se movía lentamente sobre Washington, D.C.

—Vete a la cama —dijo Papá—. No empezará a nevar de verdad hasta pasada la medianoche.

Así que nos fuimos a la cama. Pero era como la Nochebuena, cuando apenas podías mantener los ojos cerrados, esperando que ocurriera algo emocionante.

Capítulo 11

Cuando me desperté, todo estaba muy tranquilo, como si la calle estuviera cubierta de algodón. Y parecía algodón. Había nevado un poco antes de Navidad, lo que Papá llamaba "un polvillo", pero esto era nieve de verdad, espesa y perfecta. El tipo de nieve que se ve en las películas. Cubría el pequeño trozo de césped delantero, las banquetas, las calles, todo. Las ramas de los árboles estaban cubiertas de blanco. También los coches estacionados en nuestra calle. La propia calle desaparecía bajo un manto de nieve. Y seguía cayendo.

Sabía que Trina, mi mejor amiga en Los Ángeles, estaría celosa. Quería venir a visitarme a D.C. sólo para ver la nieve caer del cielo. Tomé el teléfono de la familia y le envié a Trina un video de la nieve cayendo. Ella me respondió con un emoticón de cara triste y un muñeco de nieve.

Me puse unas mallas, una camiseta, otra camiseta, un suéter de túnica, mis mallas de felpa y dos pares de calcetines. Me puse mis botas y tomé una chaqueta. Me cubrí las manos con unos guantes gruesos. Estaba preparada.

Excepto que tenía que ir al baño, lo que significaba quitarme la mitad de la ropa que acababa de ponerme hacía diez minutos. Prepararse para la nieve significaba ponerse y quitarse mucha ropa.

Decidí que Gabby no querría dormir durante nuestra primera tormenta de nieve, así que golpeé su puerta.

—Vete —se quejó—.

—¡Gabby! Mira por la ventana.

Cinco minutos después, estaba vestida con un millón de suéteres y corriendo hacia la puerta principal. Caminamos a torpemente por la nieve espesa. Nuestras botas se hundían en la nieve blanca. Incluso con tantas capas de ropa, seguía teniendo frío en la nariz. No estaba congelada. Más bien mi nariz decía: "Eh, ¿y yo qué?".

—¡Cuidado! —gritó Gabby cuando una bola de nieve pasó cerca de mi cabeza.

La batalla había comenzado. Nos lanzamos puñado tras puñado de nieve hasta que ambas quedamos cubiertas de copos derretidos. Incluso hicimos un pequeño muñeco de nieve, vistiéndolo con el gorro tejido de Abuelita y la bufanda que Gabby me regaló por Navidad. Lo de la bufanda era una broma. Gabby sabía que yo odiaba las bufandas, incluso cuando hacía mucho frío, pero me envolvió una de todos modos como regalo bajo el árbol. La bufanda le quedaba mejor al muñeco de nieve.

—¿Qué quieres hacer ahora? —preguntó Gabby.

Papá asomó la cabeza por la puerta.

—¿Ya están aburridas? Hagan algo útil. —Levantó dos palas y señaló con la cabeza el camino de entrada a nuestra casa, enterrado en blanco—. Tú y Gabby pueden hacerlo en media hora.

—¿Por qué tenemos que hacerlo nosotras? —preguntó Gabby.

—¿Quieres que tu abuela se resbale y se caiga? Palear la banqueta es el precio que pagamos por vivir en un lugar con nieve —respondió Papá, antes de volver a entrar.

Gabby y yo nos miramos.

—No sé quitar la nieve —dije.

—Sólo tienes que meter la pala y cavar —explicó Gabby.

Miré a Gabby trabajar durante un minuto o dos y luego tomé mi pala.

—Te echo una carrera —me dijo—. Tú empieza a palear desde la banqueta y yo empezaré desde aquí. El que llegue primero al rosal gana.

—No quiero correr —dije.

—¡En sus marcas, listos, ya! —gritó Gabby.

Empezó a palear como la pala de vapor de Mike Mulligan. Metí la pala más adentro. Se atascó. La saqué y me caí de espaldas, aterrizando con el trasero. Gabby puso los ojos en blanco. Lo intenté de nuevo, recogiendo menos nieve y vertiéndola sobre lo que solía ser el césped. No fue tan difícil. Llené mi pala de nuevo a tope. Y otra vez. Era como el chiste de Abuelita sobre cómo comerse un elefante: a pequeños bocados. Tomar pequeños bocados de nieve fue fácil. Pronto me movía tan rápido como Gabby.

Las dos nos estábamos acercando al rosal, o al menos a lo que probablemente era un rosal, ya que nunca lo habíamos visto florecer con rosas.

—Voy a ganar —dijo Gabby.

—¡Claro que no! —dije yo.

Nos encontramos en medio, las dos despejando la banqueta delante del rosal, exactamente al mismo tiempo.

—¡Empate! —dijimos juntas, y nos reímos. Nos tocamos las palas.

—Las chicas de California pueden enseñarles a los de D.C. cómo se hace —dijo Gabby.

Pude oler la canela del chocolate caliente en cuanto abrí la puerta principal.

—¡Quítense las botas! —dijo Abuelita—. Y chaquetas y bufandas y gorros y guantes. Todo.

Eso era lo otro de la nieve. Se derretía. Abuelita sacó una canasta para la ropa y nos dio una toalla a cada una. Estábamos bastante mojadas.

—Suban a cambiarse —dijo—. Luego, vengan por una taza de chocolate caliente.

El resto del día fue bastante aburrido. Papá encendió la chimenea y subió a hacer unas llamadas. Gabby bajó al sótano a practicar con el clarinete. Abuelita trabajó en un rompecabezas en la mesa del comedor.

El segundo día fue aún más aburrido.

Trina me envió un mensaje pidiéndome más fotos de la nieve. Le envié la foto de nuestro triste muñeco de nieve, pero también le dije la verdad: la nieve era muy, muy divertida cuando caía del cielo, y cuando había suficiente como para que en la escuela declararan día de nieve y pudiéramos quedarnos en casa. No era tan divertida cuando se derretía por la tarde y se volvía a congelar por la noche, convirtiendo las banquetas en pistas de patinaje sobre hielo sin patines. Me caí dos veces y tenía moretones que lo demostraban.

No fue divertido cuando el quitanieves recogió toda la nieve y la mitad de la grava de la calle y la dejó en la banqueta en un gigantesco montón marrón, sucio y congelado. Tampoco fue divertido ver cómo los perros del vecindario amarilleaban la nieve.

A la hora de comer volvieron a caer copos. Estuve un rato mirando por la ventana. La nieve estaba cubriendo todo lo que Gabby y yo habíamos paleado. No me apetecía nada volver a empezar.

Tomé la laptop y me tiré en el sofá. Al menos podría hacer algo de trabajo de detección. Busqué búhos de madriguera en Google y luego busqué Chickcharney y miré las fotos una al lado de la otra. Patas largas, comprobado. Cara de búho, comprobado. Un búho de madriguera no tenía manos de aspecto aterrador como Chickcharney. O la cola de lagartija. Pero Chickcharney tenía que ser un búho de madriguera.

Entonces recordé la advertencia del Senador Algo sobre sacar conclusiones precipitadas. Tal vez había otra explicación.

Intenté recordar cómo sonaba el pájaro. Encontré una página web de la Universidad de Cornell con grabaciones de sonidos de todo tipo de búhos de madriguera. El pitido del búho de Florida añadía un graznido al final. Definitivamente, no era el sonido que yo había oído. Hice clic en otro botón. Esta vez, el búho de madriguera hizo un ruido que sonaba como un arrendajo azul.

Quizá me había precipitado. Tal vez el pájaro no era un búho de madriguera después de todo. ¿Y cómo podría un búho de madriguera llegar a Washington, D.C.? ¿Quedó atrapado en un tornado, empujado a través del país? Tal vez fuera la mascota de alguien, aunque la única persona en la que podía pensar que tuviera un búho como mascota era Harry Potter. Piensa. ¿Quién tendría una búho en Washington, D.C.? Y entonces se me ocurrió exactamente el lugar: ¡el Zoológico Nacional! A lo mejor tenían un búho de madriguera.

Tomé el teléfono de la familia y llamé al zoológico. Recibí una grabación. "El Zoológico Nacional Smithsoniano está cerrado temporalmente debido a la emergencia por nieve. Para más información, visite nuestro sitio web..."

Cierto. Lo había olvidado. Todo estaba cerrado por culpa de Nevazilla. Hice clic en el sitio web y miré la lista de animales. Boa constrictor, gato montés, pelícano pardo... ¡Ahí estaba! El zoológico nacional tenía una pareja de búhos de madriguera.

Pero, ¿por qué iba a acabar un búho del Zoológico Nacional en el Capitolio? A menos que se haya escapado.

Busqué un poco más en Google. Leí que el gato montés Ollie se escapó del Zoológico Nacional, pero lo encontraron dos días después, merodeando por la pajarera en busca de comida. En otra ocasión, un panda rojo llamado Rusty se escapó del zoológico y acabó en un barrio a unos kilómetros de distancia. En Kansas, un flamenco se escapó y nadie lo encontró durante ocho años. ¿Por qué no podría escaparse un búho de madriguera del Zoológico Nacional y acabar en el Capitolio de los Estados Unidos?

Tendría que esperar a que Nevazilla terminara y pudiera hablar con los cuidadores del zoológico.

Me había quedado sin cosas que hacer. Terminé de leer "La elección de Garvey" y otros dos libros que me traje de la biblioteca. Incluso limpié mi habitación.

Revisé la cámara del águila. Caía nieve sobre los árboles y el nido. Las dos águilas estaban allí, sentadas prácticamente una encima de la otra, intentando mantener el calor. El Sr. Presidente se levantó y se estiró. Se sacudió el hielo que se le había pegado a las alas y volvió a acurrucarse.

¿Estaba caliente esta noche la Chickcharney de Mónica?

¿También tenía hielo en las alas?

Estuvimos atrapados en casa tres días enteros. Nos quedamos sin nada que ver en Netflix y no encontrábamos los dados del Monopoly. Papá hizo que Gabby practicara con su clarinete dos veces al día. Se notaba que no estaba contenta al respecto. Su música sonaba más como el graznido de un cuervo. Todos se sacaban de quicio. Especialmente Abuelita.

Empezó cuando Gabby se bebió la última taza de café. Eso era nuevo: Gabby bebiendo café. Abuelita hacía "tut tut" pero nadie la detenía.

—Ya tiene casi dieciséis años, —le dijo Papá a Abuelita—. Puede tomar decisiones por sí misma acerca de beber café.

—Si una persona es lo suficientemente adulta para beber café, también lo es para preparar una cafetera nueva. —Abuelita recogió la cafetera vacía.

—Estoy cansada de que me traten como a un bebé, —susurró Gabby.

—¿Cómo crees que me siento? —le dije.

—Sí, pero eres un bebé.

—¡Dos dígitos!

Gabby hizo caso omiso. Había tenido dos dígitos durante años.

—Gabby, —dijo Abuelita, agitando el bote de cristal—.

No hay más, —gimoteó Gabby, pateando la pata de la mesa—. Se nos acabó el café.

—Entonces puedes ir andando hasta el mercado y comprar un poco.

Abuelita puso la jarra de cristal en la mesa delante de Gabby.

—¡No hay nada abierto! —dijo Gabby, agitando la mano. Que golpeó la olla. Que cayó al suelo, rompiéndose en una docena de pedazos.

—¡Ahora sí, señorita! —dijo Abuelita.

—Yo no he hecho nada, —dijo Gabby mientras subía furiosa las escaleras.

—Mamá, fue un accidente, —dijo Papá.

—¡No empieces conmigo, Arturo! —dijo ella y bajó las escaleras hasta el sótano.

No éramos los únicos sin nada que hacer. Todo Washington había cerrado. En internet había fotos de gente con raquetas de nieve en el National Mall. En Dupont Circle se organizó una gran batalla de bolas de nieve en la que un centenar de desconocidos se golpearon con trozos de nieve. Un grupo de niños llevó sus trineos a Capitol Hill, pero la policía del Capitolio no les dejó deslizarse.

Al tercer día de Nevazilla, hasta el hombre del tiempo parecía cansado de la nieve. Esta noche, informó que más de 60 centímetros habían caído sobre Washington durante la tormenta. En algunos lugares había caído tanta nieve que se habían derribado líneas eléctricas y la mitad de la ciudad se había quedado sin electricidad. Mostró una imagen de satélite de Washington, D.C. desde el espacio. Estaba toda blanca.

Pero era curioso. Todas las noticias eran sobre Nevazilla. Todas. La historia del pájaro que hizo popó sobre el presidente había desaparecido por completo. No había más noticias en The Washington Post, ni en la televisión, ni en WTOP, la emisora de radio. Le pregunté a Papá por qué.

—El ciclo de noticias ha cambiado —dijo—.

¿Ciclo de noticias? Me imaginé una bicicleta gigante hecha de periódicos cabalgando por la nieve.

—Nevazilla es la noticia del día —dijo—. Los periodistas se han olvidado por completo de ese pájaro.

Me pregunté si el presidente se había olvidado del pájaro. Quizá estaba contento de que la gente hablara de otra cosa. ¿Nevazilla también quería decir que la policía del Capitolio y el Servicio Secreto también habían dejado de buscar al pájaro?

Mónica no se habría olvidado. Seguiría preocupada por Chickcharney. Sabía que mi trabajo aún no había terminado.

Capítulo 12

Por fin volvíamos a la escuela. Echaba de menos a Michael y a la Sra. Greenwood. Incluso eché de menos la clase de matemáticas.

Había salido el sol y ya se estaba derritiendo gran parte de la nieve. Parches de hierba muerta aparecieron en nuestro pequeño jardín delantero. Había montones altos donde los quitanieves habían empujado la nieve sucia hacia las orillas. No todos los vecinos habían quitado la nieve de sus banquetas. Parte de la nieve se había derretido y vuelto a congelar durante la noche. Eso la convirtió en hielo, así que el camino a la escuela era resbaladizo.

En el recreo, todos querían contar su historia de Nevazilla. Todos menos Becka. Ella no tenía una historia de nieve. Ni siquiera estaba en Washington cuando cayó la tormenta.

—En cuanto mi madre vio que la tormenta de nieve se dirigía a D.C., nos metió en un avión. Era mucho más agradable estar en la playa —dijo—. Florida es tan bonita en esta época del año.

A nadie le importaba Becka, Florida o la playa. Sólo querían hablar de sus aventuras en la nieve. Dentro del aula, era difícil concentrarse en las reglas de puntuación. La Sra. Greenwood suspiró e intentó otra cosa.

—Pasemos a ciencias.

La clase lanzó un quejido.

—¿Alguien puede explicar por qué cayó tanta nieve en Washington? —preguntó.

Las manos se agitaron en el aire. Todos habían estado observando a los meteorólogos. Todos eran expertos. La tarde transcurrió a toda velocidad, con explicaciones sobre el radar Doppler, cómo leer un mapa meteorológico y qué significaba para nosotros, aquí en Washington, un sistema de altas presiones sobre Canadá. Me sorprendí cuando oí la campana que anunciaba el fin de las clases.

Tenía ganas de volver a ver al Senador Algo y a San Sebastián de nuevo, pero no tenía ganas de pasearlos juntos. Tenía que encontrar la manera de pasear a dos perros sin enredarme con las correas. Por el momento, pensé que lo mejor era pasearlos por separado.

Era el día perfecto para probar mi solución, ya que el Senador Algo se iba a cortar el pelo esta tarde. Supongo que cuando tienes todo ese pelo largo y anaranjado, necesitas un corte de pelo cada pocas semanas.

Así que sólo estábamos San Sebastián y yo. Lo recogí en la oficina del Capellán de la Cámara dentro del Capitolio. Se encontraba bajando unas escaleras empinadas cerca de la Cripta.

San Sebastián dormía en su cama para perros, un cuadrado de lana púrpura en una esquina. El padre Andrew me dio la correa.

—Cuidado. No lo pierdas entre los montones de nieve —me dijo.

Decidí que pasearíamos por el lado del Senado del Capitolio, donde la nieve se había derretido y había más árboles que botes de basura.

Por supuesto, San Sebastián quería oler todos y cada uno de los árboles. Tardamos un rato. Había muchos árboles.

Entonces se detuvo, inmóvil, como una estatua. Pude ver cómo se le movía la naricilla. Parecía apuntar con su patita a una rama en lo alto del árbol, posando como un bailarín de ballet, sin moverse.

Miré hacia arriba. Sentado en la rama desnuda había un pájaro negro con una mancha roja en el hombro. El pájaro inclinó la cabeza para mirarnos. San Sebastián le devolvió la mirada. Entonces el pájaro extendió las alas y levantó el vuelo, dando un par de vueltas sobre nosotros, como diciendo: "¡No me asusta un perrito como tú!".

San Sebastián volvió a moverse, se sacudió todo el cuerpo y se puso en marcha.

Cuando le conté al padre Andrew lo ocurrido, se echó a reír.

—Me dijeron que era parte perro pajarero cuando lo saqué de la perrera.

—No parece un pájaro, —le dije.

—No lo sé, —dijo el sacerdote. —Su pelo sobresale como plumas de pájaro—. San Sebastián le lanzó una mirada acusatoria. El padre Andrew le rascó la cabeza al perro para hacerle saber que no lo decía en serio.

—Un perro pajarero es el tipo de raza que utilizan los cazadores para encontrar patos y codornices. Creo que has descubierto su identidad secreta.

Me gustó la idea de que San Sebastián fuera un perro encubierto. Quizá también tuviera otras identidades secretas. Quizá hablara algún idioma extranjero o pudiera trepar por las paredes de un edificio. Quizá la CIA lo había entrenado como agente especial. O tal vez era sólo un viejo perro pajarero.

Perro pajarero. ¡Perro pajarero! San Sebastián era exactamente a quien necesitaba para ayudarme a localizar a Chickcharney.

—¿Qué piensas, muchacho? —le susurré al oído—. ¿Quieres cazar más pájaros?

San Sebastián puso su fea carita junto a la mía y me lamió la mejilla. Supongo que eso significaba que sí. Miré el reloj de la pared del padre Andrew.

Las cinco menos cuarto.

—Empezaremos mañana, San Sebastián. Tengo que hacer una llamada importante.

Me apresuré a volver al despacho de Papá y tomé prestado el teléfono familiar.

—Zoológico Nacional Smithsoniano, —dijo una voz.

—¿Podría comunicarme con el departamento de aves?

—Lo siento —dijo la señora—. El aviario está cerrado.

—Creía que abrían de nuevo ahora que se ha acabado Nevazilla.

—Estamos abiertos. El zoológico, quiero decir. Es el aviario el que está cerrado. Por remodelación.

—Cerrado —repetí.

—Era un edificio muy antiguo —dijo—. Pero el nuevo aviario será mejor que nunca.

Estaba seguro de que sería un nuevo aviario maravilloso. Pero ahora necesitaba información.

—¿Qué les pasa a los pájaros si se cierra el aviario? ¿Quién cuida de ellos?

—Un momento, por favor. Tengo otra llamada.

Me puso en espera y escuché una música aburrida durante un buen rato. Por fin, otra persona cogió el teléfono.

—Aviario.

—¿Les falta un pájaro? —pregunté—. ¿Un búho? ¿Un búho de madriguera?

—¿Puedo preguntar quién llama? —preguntó la chica al teléfono.

—Me llamo Fina Mendoza. Encontré un búho de madriguera en el sótano del Capitolio de los Estados Unidos. Al menos creo que es un búho de madriguera. Y sé que los búhos de madriguera no viven en Washington, D.C., excepto en el Zoológico Nacional, así que supuse que era de ustedes. ¿Les falta un búho?

—No lo creo —dijo la chica al teléfono—. Sólo soy una becaria.

Lo sabía todo sobre los becarios. Eran los estudiantes universitarios que venían a Washington a practicar para trabajar en el gobierno. Muchos lo hacían atendiendo el teléfono en los despachos de los legisladores en el Capitolio o, en este caso, en el departamento de aves del zoológico. Los becarios se vestían con chaquetas de señora como todo el mundo en Washington, pero en realidad no sabían mucho.

En el despacho de Papá, los becarios siempre preguntaban a Claudia cómo responder a las preguntas de la gente por teléfono. Esta becaria del zoológico tampoco sabía mucho.

—¿Hay alguien allí con quien pueda hablar? —pregunté—. ¿Sobre un búho desaparecido?

—Deje su nombre y su número y alguien le llamará por la mañana —le dejé el número del teléfono familiar y le dije que era importante.

Ser detective significaba esperar mucho a que te devolvieran la llamada. No se me daba bien esperar. Tenía otras pistas que investigar.

Capítulo 13

¿Quién se hubiera imaginado que Abuelita tenía una cuenta de Instagram?

Dijo que era para poder seguir a su cantante favorito Pitbull, pero también seguía la cuenta oficial de Instagram del Congreso de Papá. Y, aparentemente, la de Gabby.

—¡Dios mío! —gritó Abuelita cuando vio la foto. Me asomé por encima de su hombro para mirar la pantalla. Era un selfie de Gabby en el baile de su escuela. Reconocí las uñas moradas. Gabby llevaba el pelo recogido, los ojos llenos de rímel y un vestido que nunca había visto antes, un vestido sujeto por unos tirantes finos con un gran tajo en medio. Se le veía el ombligo. Un piercing en el ombligo con un pequeño anillo de oro.

Cuando Gabby entró por la puerta principal, ni siquiera pudo dejar la mochila. —¿Qué significa esto? —preguntó Abuelita.

—¿Qué significa qué? —preguntó Gabby.

Hice una mueca, tratando de advertirla. Abuelita señaló su teléfono.

—¿Qué clase de joven pone una foto de su estómago en Instapost?

—Instagram. Sólo es un vestido —se quejó Gabby—.

—¿Todos tus vestidos enseñan el ombligo? ¿Un ombligo con arete propio?

—Es un piercing, no un pendiente.

—Y ese teléfono tuyo, compartiendo fotos de tu barriga descubierta con el mundo. Si no puedes usar un teléfono de forma responsable, no deberías usarlo. Nada de redes sociales.

—Pero todo el mundo está en las redes sociales, Abuelita. Así es como hablamos entre nosotros —dijo Gabby.

—¿Nosotros?

—La gente menor de ciento cincuenta años.

—¿Por qué no usan la boca? Estás castigada.

—Pero esta noche es el partido de baloncesto y...

—Empieza ahora mismo. Y dame el teléfono.

Gabby miró fijamente a Abuelita. Y luego me miró a mí.

—¿Qué estás mirando?

—Nada.

—Ahora, mija —dijo Abuelita, extendiendo la mano.

Gabby sacó el teléfono de la mochila y prácticamente lo estampó contra la mesita.

Abuelita se metió el teléfono en el bolsillo. —Y voy a llamar a tu padre.

Gabby corrió escaleras arriba. La oí dar un portazo en su habitación.

Abuelita me miró.

—A menos que tengas tarea, Fina, puedes ir a doblar la ropa.

Sí, tenía tarea, pero decidí que sería mejor pasar el rato con las sábanas y las toallas.

No entendía por qué Gabby quería enseñar el ombligo en pleno febrero. Siempre que salía de casa para ir a la escuela me ponía cuatro capas: camiseta interior, polo, sudadera con capucha y abrigo. Me daba escalofríos sólo de pensar en la piel desnuda a treinta grados.

Bajé al sótano. Nuestra casa era muy vieja. Aquí abajo se oían cosas a través de las tablas del suelo. Oí a Abuelita llamando a Papá al Capitolio. Sabía que estaba en otra reunión de la Banda de los Ocho. Excepto que ahora sólo era la Banda de los Siete. Uno de los Congresistas se enojó y renunció.

Papá no tardó mucho en llegar a casa.

—Gabby, ¿en qué estabas pensando?

No era una pregunta. Papá estaba enojado.

—Es sólo una foto estúpida —dijo Gabby.

—Estúpida es correcto.

Podía oír cada palabra mientras emparejaba los calcetines, calientitos de la secadora.

—Ni siquiera estás en Instagram —dijo Gabby—. Haces que Claudia publique todas tus fotos del congreso y esas cosas.

—¿Y crees que eso lo arregla todo? —dijo Papá.

Me quedé abajo durante mucho tiempo. Esa noche, golpeé la puerta de Gabby.

—Vete —dijo.

—Soy yo, Gabby.

La oí suspirar, caminar por el suelo para abrir la puerta de su habitación, volver dando pisotones y tumbarse en la cama. Asomé la cabeza para ver si me tiraba una almohada. No lo hizo. Entré y cerré la puerta. Gabby estaba sentada en la cama con las piernas cruzadas, comiéndose los restos de esmalte morado que aún tenía en los dedos.

—¿Por qué es tan mala conmigo? —preguntó, golpeando la almohada con el puño.

—No eres la única con la que se mete —le dije—. Intentó convencer a Papá de que renunciara a mi trabajo de paseadora de perros.

—Eso no sucederá —dijo Gabby—. A la congresista Mitchell le agradas. Y está en esa banda de inmigración con Papá. Si Papá quiere que ella escuche alguna de sus ideas, no querrá hacerla enojar obligándola a pasear a su propio perro.

Esperaba que Gabby tuviera razón, pero no estaba segura.

—Abuelita nunca se enoja contigo como lo hace conmigo —dijo Gabby.

—Eso no es verdad.

Pero tal vez era verdad. Gabby podía volverme loca a veces, pero Gabby y Abuelita a veces actuaban como si se odiaran.

—A ella siempre le has gustado más tú. La he oído llamarte "su nieta favorita" un millón de veces.

—Es sólo porque me pusieron su mismo nombre —le dije.

—Santa Josefina —dijo con su voz más sarcástica—. ¡No es culpa mía!

Ahora Gabby estaba molesta conmigo. No, pensé. No estaba molesta. Celosa. ¿Pero de qué podía estar celosa Gabby? Ella era la que se quedaba despierta hasta pasadas las diez. Ella era la que viajaba sola en metro. Era la que tenía su propio celular.

—A veces me gustaría que se hubiera quedado en California —dijo Gabby—. Nos iba bien aquí en D.C. sin ella.

Pensé en todas las cenas que Gabby había quemado cuando se encargaba de cocinar, en comparación con todas las cenas realmente buenas que hacía Abuelita. Mantuve la boca cerrada.

—Ella no era así cuando todos vivíamos en Los Ángeles —dijo Gabby.

—Tienes razón —admití—. Abuelita nunca actuó como una guardia de prisión en California. ¿Qué era diferente? En primer lugar, en California siempre estaba ocupada. Estaba en un millón de comités en el Sagrado Corazón, nuestra iglesia en Los Ángeles. No hay ningún comité de la iglesia aquí. En Los Ángeles, nuestra casa siempre estaba llena de familia, todos nuestros primos y tíos. La única familia que Abuelita tenía aquí en Washington éramos nosotros.

—Tal vez extraña su casa —dije.

—¿De qué? —preguntó Gabby—. ¿Todos esos viajes en autobús al casino indio cerca de Palm Springs?

—Quizá añora a sus amigos del autobús —dije.

Gabby lo pensó un momento.

—Sabes, tal vez tengas razón. Quizá se siente sola. Siempre estaba ayudando en la venta de pasteles de la escuela o en el carnaval de la iglesia. ¿Recuerdas la vez que tomó un curso de primeros auxilios y siguió practicando con nosotros? Tal vez Abuelita sólo necesita alguien más de quien preocuparse. Aparte de nosotros. Ojalá mamá estuviera aquí. Ella sabría qué hacer.

—¿No te gustaría...? —dije, y luego me detuve. ¿Debería contarle a Gabby lo del mensaje de mamá?—. ¿No te gustaría poder comprobar tu buzón de voz y que hubiera un mensaje de mamá?

Gabby sonrió, pero la sonrisa se le dibujó en la comisura de los labios.

—Eso sería algo —dijo con voz de recuerdo.

—¿Qué crees que diría? —le pregunté. Gabby lo pensó un momento.

—Que nos quiere. Y que cuide de Papá.

¿Debería contarle a Gabby lo de Chickcharney? ¿Sobre su mensaje?

—Gabby, supón que te digo que puede haber un mensaje de mamá esperándonos.

—¿Como una carta perdida de la oficina de correos? —preguntó.

—Algo así —dije.

¿Cómo podría explicar que el mensaje venía de un pájaro mítico del Caribe?

—Me encantaría ver esa carta —suspiró—. Sé una cosa. Mamá no me echaría de Instagram por un estúpido vestido de baile.

No estaba tan segura de eso.

Capítulo 14

Gabby estaba castigada para siempre.

—¿Puedo al menos recuperar mi teléfono? —preguntó.

—En cuanto me demuestres que tienes sentido común —dijo Papá.

Papá tenía ojeras. Iba a las reuniones casi todas las noches, pero las cosas no iban muy bien. La Banda de los Siete se había reducido a una Banda de los Seis. Esta vez, uno de los senadores abandonó el comité.

—¿Tú también vas a dejar la Banda, Papá? —le pregunté.

—Nunca te rindas, nunca te des por vencido —dijo, citando su película de ciencia ficción favorita.

Abuelita decidió que era hora de elegir una iglesia.

Cuando nos mudamos por primera vez a Washington, Papá nos llevó a "probar iglesias". Cada domingo probábamos un sitio nuevo para ir a misa. El problema era que ninguna de las iglesias se sentía como en casa. Después de un tiempo, dejamos de buscar. Abuelita no.

El sábado, Gabby me rogó que sacara a Abuelita de casa. Decidí enseñarle a Abuelita algo más de Washington. Caminamos por Capitol Hill hacia el río y el estadio de béisbol. En la parte más concurrida de South Capitol Street, se detuvo de repente delante de un cartel. Decía "Nuestra Señora del Refugio". La iglesia era antigua, construida en piedra gris sucia, con un campanario cuadrado. Abuelita señaló la rosa de la vidriera que había sobre la puerta principal.

—Es para Nuestra Señora —dijo—. ¿Recuerdas la historia de Nuestra Señora de Guadalupe? Rosas en invierno. María envió a Juan Diego de vuelta al obispo con su capa llena de rosas para demostrar que realmente había visto a Nuestra Señora y que ella realmente quería que se construyera una iglesia en esa colina.

—Y cuando se le cayó el manto, las rosas cayeron al suelo. El obispo ignoró las rosas, pero se entusiasmó con la imagen de Nuestra Señora de Guadalupe en su capa —dijo.

Conocía la historia. En mi antigua escuela siempre celebrábamos el día de Nuestra Señora de Guadalupe el 12 de diciembre.

—Es una señal —dijo Abuelita—. Mañana iremos todos a misa aquí mismo. Se acabó eso de ir a "probar iglesias".

El domingo, Abuelita hizo que todos nos vistiéramos con ropa de la iglesia y nos hizo marchar por Capitol Hill hasta Nuestra Señora del Refugio. Por dentro, estaba algo destartalada, con una alfombra verde que parecía césped artificial y velas que se podían comprar en una tienda de todo a un dólar. Había una grieta bajo una de las vidrieras y manchas marrones por toda la pared.

—Daños por agua —murmuró Papá.

Las campanas estaban en silencio. Un trozo de papel atado a la reja decía que el campanario estaba agrietado a causa del terremoto que hubo en Washington hace unos años. El papel también decía dónde se podía enviar dinero para ayudar a arreglar la torre. Era mucho dinero.

En California había terremotos todo el tiempo. Me sorprendió que hubiera terremotos aquí. Papá dijo que todos en Washington también estaban sorprendidos.

Era una iglesia de protesta. Había carteles advirtiendo sobre el cambio climático en la entrada. Cerca de la puerta trasera había un enorme barril medio lleno de comida para el banco de alimentos. En la pared había una hoja de inscripción de voluntarios para hacer sándwiches los miércoles y dárselos a los hombres y mujeres sin hogar que dormían a la intemperie en las calles cercanas a la iglesia.

Sólo había unas catorce personas en los bancos. Con Papá, Abuelita, Gabby y yo, éramos dieciocho. El viejo órgano de tubos gimió y empezó a tocar un himno que yo conocía de California. "Todos son bienvenidos", cantamos.

Desde el fondo de la iglesia llegaba una voz muy fuerte, que cantaba más alto que todos los demás juntos. No era muy buen cantante. Me di la vuelta.

Me di la vuelta. Era el padre Andrew. San Sebastián no estaba con él. Supongo que los perros no tienen que ir a la iglesia todos los domingos. Ni siquiera los perros de los sacerdotes.

El padre Andrew se acercó al altar cantando aún más fuerte. En su sermón, habló de lo que significaba ser una familia, no sólo mi padre y mi abuela y mi hermana Gabby, sino la familia de los seres humanos. "¿Cuál es nuestra responsabilidad con nuestros hermanos y hermanas que abandonan su país de origen huyendo de la violencia o la pobreza? —preguntó—. ¿Les damos la espalda?"

Se refería a la inmigración. Miré a Papá. Estaba escuchando, pero miraba la fea alfombra. Se retorcía en el banco. Era como yo en clase cuando no quería que me llamara la señora Greenwood. Pero el padre Andrew llamó a Papá de todos modos. Algo así.

—Estamos en un momento crucial de la historia, —dijo—. En este mismo momento, el Congreso está estudiando la reforma de la inmigración por primera vez en una generación.

Papá se desplomó en su asiento. El padre Andrew sabía que Papá formaba parte de la Banda de los Ocho. O mejor dicho, de la Banda de los Seis.

—Algunos tienen un sitio en la mesa donde podemos cambiar las leyes de esta gran tierra, —dijo mientras crepitaba su micrófono—, pero ¿qué pasa con el resto de nosotros?.

Abuelita se sentó erguida como un árbol. Pensé en todas las historias que contaba en la mesa sobre su llegada a este país, cómo corrió entre el tráfico para ver la estatua de Ronald Reagan, el presidente al que adoraba porque la ayudó a convertirse en ciudadana.

—Hay tres cosas que cada uno de nosotros puede hacer —dijo—. Podemos rezar pidiendo sabiduría para nuestros funcionarios electos. Podemos hacer una llamada telefónica o escribir una carta a nuestro miembro del Congreso. Y podemos venir a una reunión el martes por la noche y hablar de hacer más.

—Vamos a ir —me susurró Abuelita.

—Pero tengo tarea —le susurré yo.
—Entonces voy yo —dijo ella—. Ahora shhh.

Cuando Papá y yo llegamos a casa el martes por la noche del Capitolio, había una nota de Abuelita en la mesa del comedor. "Me fui a la iglesia —decía—. La cena está en el horno".

Papá pensó que se refería a un grupo de oración, como los de nuestra iglesia en Los Ángeles. Yo sabía que se refería a la reunión sobre inmigración de la que habló el padre Andrew en misa.

Abuelita volvió de la reunión en un coche que no reconocí. Una mujer en el asiento trasero se asomó por la ventana. "¡Hasta la semana que viene, Fina!". Sólo los amigos de Abuelita la llaman Fina. Me pregunté quiénes serían esos nuevos amigos.

Abuelita tarareaba cuando abrió la puerta y entró. Ya había pasado la hora de acostarme, pero asomé la cabeza por la barandilla de la escalera. Seguía tarareando mientras se quitaba los guantes, la bufanda, el sombrero y el abrigo. Tarareó un poco más mientras se quitaba las botas de nieve y las guardaba en el armario del vestíbulo.

—¿Qué tal, abuelita?
—Es tarde, mija, y mañana tienes escuela. Vuelve a la cama.
—¿Pero quiénes son esas personas? —pregunté.
—Te lo contaré todo mañana cuando te acompañe a mitad de camino a la escuela, —dijo.

Ratas. Esperaba que se quedara dormida hasta tan tarde y me dejara ir sola a la escuela. Pero no hubo suerte. Me seguía acompañando todos los días, a pesar de que le rogué ciento un veces que me dejara caminar sin ella.

Abuelita no hablaba mucho durante el camino a la escuela. Iba tan deprisa que apenas podía seguirla. Hacía mucho frío. Sentía la nariz helada. Todavía no llevaba bufanda. Seguía pensando que las bufandas eran una estupidez.

—¿Qué hicieron en esa reunión, Abuelita?

—Rezamos y reflexionamos sobre las lecturas de la Biblia. Y hablamos de las cosas que podíamos hacer.

—¿Como qué? —pregunté.

—Ven conmigo alguna vez y compruébalo por ti mismo, —dijo.

Yo no lo creía. Odiaba las aburridas reuniones de adultos.

Capítulo 15

Pensé que sería estupendo tener a San Sebastián en mi equipo de detectives. Al fin y al cabo, tenía sangre de perro de caza de pájaros, perro pajarero, como les dicen, y yo estaba cazando un pájaro. Por desgracia, a San Sebastián le costaba concentrarse en un solo pájaro.

Cada vez que lo sacaba a pasear, señalaba pájaros carpinteros, palomas e incluso un halcón. Pero hasta ahora, no señalaba nada que se pareciera a un búho. —¡Ahí hay uno! Ahí hay otro. Y mira allí, hay otro —parecía decir, señalando a un lado y a otro. Era como cuando mi primo pequeño aprendió a decir "no" y lo repetía una y otra vez hasta que todo el mundo deseó que dejara de hablar. San Sebastián no paraba de señalar pájaro tras pájaro, como si se creyera muy listo. Era muy molesto.

San Sebastián tampoco sabía escuchar tan bien como el Senador Algo. Eso era importante cuando intentabas unir pistas. Necesitabas decirlas en voz alta para ver cómo sonaban. Ayudaba cuando podías decírselas a tu compañero de detección. El Senador Algo siempre aullaba con un signo de interrogación cuando pensaba que estaba siguiendo la pista equivocada.

San Sebastián estaba demasiado ocupado presumiendo de lo brillante que era como perro de pájaros como para escucharme. Como si estuviera esperando que alguien le diera una medalla de oro o algo así. Ojalá hubiera encontrado a Chickcharney.

Me quejé de él al Senador Algo. Me miró como diciendo: "Te lo dije. Pierdes el tiempo con un chucho con cerebro de pájaro que se cree detective".

—No sea mezquino, Senador Algo —le dije.

Volví a llamar al zoológico. Dejé otro mensaje. Nadie me devolvió la llamada. Mi búsqueda del pájaro de Mónica no iba a ninguna parte.

Y a nadie parecía importarle. Nadie parecía interesado en el pájaro. Excepto yo. Y Mónica. El presidente dejó de tuitear sobre el pájaro del Estado de la Unión. En su lugar, tuiteó sobre inmigración. También tuiteó sobre Papá, diciéndole cosas crueles.

—Todo forma parte del trabajo, —dijo Papá mientras caminábamos juntos del Capitolio a casa. Pero apretó los labios y sacudió la cabeza cuando leyó los tuits en su teléfono.

—Nunca seré político, —murmuré.

—¿Por qué no, mija? —Papá levantó la vista de su teléfono.

—No me gustaría que la gente hablara mal de mí. Y no me gustan las reuniones en las que la gente habla y habla y habla.

—En eso tengo que darte la razón —dijo—. Pero es la naturaleza de la bestia. La política consiste en hablar y hablar. ¿Qué otra cosa no te gusta?

Me lo pensé un momento. Me gustaba cuando la gente aplaudía a Papá en sus mítines de campaña. Me gustaban los globos que caían del techo la noche de las elecciones. Y me gustaba mucho el edificio donde trabajaba Papá, el Capitolio de los Estados Unidos. Pero entonces recordé más cosas que no me gustaría hacer si fuera político.

—Definitivamente no me gustaría llamar a la gente por teléfono y pedirles dinero para mis elecciones. Y me daría vergüenza llamar a la puerta de desconocidos para pedirles que voten por mí. A veces no sé por qué alguien quiere ser político, Papá.

—Es la forma de cambiar el mundo —dijo—. Al menos de una manera.

Suspiré.

—No tienes que ser diputada para cambiar las cosas, ¿sabes? —dijo—. Encontrarás la manera.

Gabby estaba prácticamente bailando por la sala cuando llegamos a casa.

—¿Esta noche, Papá? Lo prometiste —dijo.

Papá no dijo nada, pero abrió el cajón del mueble multimedia y sacó el teléfono inteligente de Gabby. Lo levantó en el aire.

—¿Se acabó el piercing en la barriga? —preguntó.

—No. Estoy pensando en hacerme un tatuaje en su lugar.

—¡Gabby!

—Es broma, Papá. Te lo prometo.

Papá suspiró y le pasó el teléfono.

—¡Sí!

—¡La cena en cinco minutos! —gritó Abuelita desde la cocina.

Papá miró el reloj y subió corriendo a quitarse el traje. Gabby me ignoró a mí y al resto del mundo mientras empezaba a revisar sus mensajes.

—¿Te dolió? —le pregunté—. El piercing en el vientre.

Levantó la vista.

—¿En serio? Me dolió muchísimo.

Esperaba no hacer estupideces, como hacerme un piercing en el ombligo, cuando fuera adolescente.

Sentada sola en mi habitación después de cenar, no podía dejar de pensar en el caso. Sabía que debería haber estado haciendo matemáticas. Pero Michael me contó en la escuela que en California había una cámara para observar búhos de madriguera, instalada por el zoológico de San Diego.

En realidad había dos cámaras. Una mostraba a los búhos enanos parados sobre la tierra o asomándose desde detrás de grandes rocas. La otra enfocaba la zona de anidación. El video era en blanco y negro, por lo que daban miedo los búhos. Sus gigantescos ojos miraban fijamente a la cámara y te hacían sentir como si te estuvieran observando, calculando si serías tan sabroso como ese grillo de la esquina. O tal vez te observaban para ver si eras la persona que debía escuchar su mensaje.

El sitio web decía que los búhos llaneros estaban en peligro de extinción a nivel local, así que el zoológico construyó madrigueras falsas donde podían hacer sus nidos. Esas madrigueras zoológicas parecían las cajas de concreto que la compañía eléctrica utiliza para los contadores subterráneos.

Estuve observando a los pájaros durante un buen rato. Normalmente, los búhos se posaban en los árboles. Estos parecían más felices cerca del suelo. O incluso bajo tierra.

¡Subterráneos! Si a los búhos de madriguera les gustaba pasar el rato bajo tierra, quizá todos estaban buscando al pájaro que hizo popó en el presidente en el lugar equivocado. En lugar de mirar hacia arriba, deberían haber mirado hacia abajo.

Eso significaba el sótano, el lugar donde Mónica trabajaba.

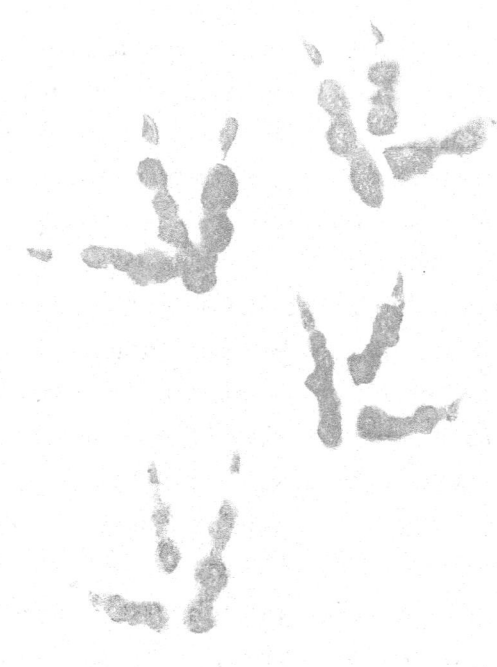

Capítulo 16

El miércoles, después de pasear a mis dos perros, pasé por el Para Llevar. Mónica estaba rubia hoy.

—Tengo una idea —le dije—. Voy a buscar lugares donde pueda esconderse una búho de madriguera.

Ella asintió con la cabeza y las trenzas amarillas se balancearon de un lado a otro.

—Presiento que está en algún lugar cercano —dijo—. Y se ha estado comiendo el plato de trocitos de hamburguesa que le dejo.

Aún me preguntaba si era el pájaro o los ratones del Capitolio, quienes acababan cada noche con el plato de sobras de Mónica.

Desde el Para Llevar, caminé por los estrechos pasillos de la parte antigua del Capitolio. Pasé los dedos por las paredes de ladrillo pintado. No había grietas lo bastante grandes como para esconder un pájaro de nueve pulgadas y patas largas. Pero aquí, en los pasillos del sótano de la parte antigua del Capitolio, era todo lo contrario de lujoso. No había lámparas de araña, ni estatuas, ni cuadros pintados en el techo. De hecho, ni siquiera se veía el techo bajo porque estaba cubierto de tuberías desnudas y haces de cables. Parecía un búho.

Pasé por delante de los ascensores y me dirigí al otro lado del sótano, donde los miembros republicanos celebraban su almuerzo semanal. Tal vez quedaran restos de papas fritas y cortezas para que un búho hambriento se las acabara.

Pero no. Los de la limpieza lo habían recogido todo. Probablemente también habían limpiado la comida que Mónica había dejado para Chickcharney.

A continuación, me dirigí al largo pasillo subterráneo que descendía desde el Capitolio hasta los edificios de oficinas de la Cámara de Representantes. Si ibas al Rayburn House Office Building, podías montar en un pequeño vagón de metro que parecía una atracción de feria. Si ibas al Longworth o al Cannon House Office Building, tenías que caminar.

El amplio suelo era de concreto. Una larga pared estaba cubierta de cuadros pintados por estudiantes de escuelas de todos los estados, desde Alabama en un extremo, hasta Wyoming en el otro. Veía los cuadros cada vez que pasaba por aquí. Hasta hoy, nunca había mirado la pared del otro lado del pasillo. Era como si alguien se hubiera olvidado de esconder las tripas del edificio. Dos tubos blancos, lo bastante gordos como para que el Senador Algo cupiera dentro, recorrían la larga pared. Eran bastante feas. Debía de ser por eso que habían puesto todo el arte de la escuela secundaria en el lado opuesto. Nadie se fijaba en las tuberías porque estabas demasiado ocupado mirando los cuadros.

Observé a los empleados, a los policías del Capitolio, a los turistas y a los legisladores mientras caminaban por aquel pasillo. Ninguno de ellos miró la pared con las tuberías. La mayoría miraba sus teléfonos.

Pensé en mi primer caso, el misterio del Gato Demonio de Capitol Hill. Una vez, tuve que encontrar un disfraz que me permitiera pasar desapercibida entre un grupo de alumnos de octavo grado que hacían una visita guiada por el Capitolio de Estados Unidos. Había decidido que el mejor disfraz era no disfrazarse. Y funcionó. Nadie se fijó en mí. Tal vez fuera eso lo que hacía el búho de madriguera: pasar el rato en aquel ajetreado pasillo, escondido a plena vista entre las tuberías de una pared en la que nadie reparaba. Todos los que buscaban al pájaro que había hecho popó sobre el presidente miraban hacia arriba. Yo miraba hacia abajo. Tal vez era una buena cosa que fuera tan bajita.

Empecé por un extremo del pasillo y caminé lentamente hacia el otro. Saqué la linterna de la mochila y la encendí. Apunté la luz hacia los rincones oscuros. Nada.

Seguí andando.

Espera. ¿Qué era eso? Escondidos bajo las tuberías, vi un par de ojos enormes. Eran casi todos negros, con un delgado borde amarillo en los bordes. Me miraban fijamente, como diciendo: "¿Qué quieres?".

El pájaro estaba cubierto de plumas gruesas y esponjosas, salpicadas de marrón, negro y blanco. Giró la cabeza hacia la derecha para verme mejor. Y luego giró la cabeza al revés. Movió la cabeza de arriba abajo y luego la movió de izquierda a derecha, como si siguiera el compás de una música que sólo él podía oír.

Luego se puso de pie. Para ser un búho, era un pájaro pequeño y redondo. Pero cuando estiró sus largas patas, se hizo el doble de alto.

—¡Chickcharney! Quiero decir, ¡búho de madriguera! Te he estado buscando por todas partes —dije.

El pájaro parecía un poco asustado.

—Shh, tranquilo. Sólo soy yo. Soy detective y he venido a ayudarte a entregar tu mensaje a Mónica. Es para Mónica, ¿verdad?

El pájaro volvió a girar la cabeza, pero no dijo nada.

—Puedes confiar en mí. Soy amiga de Mónica.

Siguió sin decir nada.

—O tal vez... ¿Tienes un mensaje para mí?

El pájaro parpadeó dos veces, pero no abrió el pico.

—¡Tengo que buscar a Mónica! —exclamé, saliendo corriendo por la puerta hacia el Para Llevar.

Mónica tenía una cola de clientes. Su cabeza estaba inclinada sobre su máquina de Mordiscos. Supongo que no funcionaba de nuevo.

—¡Mónica, Mónica! —dije—. Lo encontré. ¡Chickcharney!

Mónica levantó la vista.

—Espera tu turno, niña —dijo un empleado que estaba en la cola.

—Pero...

Mónica me hizo una advertencia, señalándolo con los ojos. Seguí su mirada y vi al señor Banks, el jefe de Mónica, de pie con los brazos cruzados sobre el pecho. Miraba a Mónica y fruncía el ceño.

Mónica seguía toqueteando a la máquina.

Retrocedí fuera del Para Llevar y pensé en qué hacer a continuación. Necesitaba a alguien que me ayudara a atrapar al pájaro. Necesitaba un policía del Capitolio.

Si había algo que siempre podías encontrar en el Capitolio de los Estados Unidos, era un policía. Estaban en todas las entradas, junto a los detectores de metales. Vigilaban los despachos del Líder de la Mayoría, del Líder de la Minoría y de otros peces gordos. Vigilaban a los turistas en el Statuary Hall y en la Rotonda. Y casi siempre desfilaban de dos en dos por todos los pasillos del Capitolio.

Excepto esta noche. No pude encontrar una sola persona de uniforme en ningún pasillo del sótano. ¿Estaban todos descansando al mismo tiempo?

Entonces recordé la entrada subterránea, cerca del Cannon House Office Building. Los funcionarios la utilizaban cuando llevaban a invitados especiales en visita privada. Había dos detectores de metales y un montón de policía. Incluso por la noche. Esa entrada estaba al otro extremo del pasillo, pasados los cuadros de la escuela secundaria.

Eché un vistazo para asegurarme de que el búho seguía allí. Me devolvió la mirada con sus ojos amarillos, como pequeñas lunas de limón.

"¡Vuelvo enseguida! No te muevas". Le dije y caminé muy rápido por el pasillo. No quería que me gritaran por correr.

Había cuatro oficiales. Por desgracia, una de ellas era la mala que me gritaba todo el tiempo cuando olvidaba enseñar mi pase familiar. O cuando me olvidaba de no correr dentro del Capitolio. Era la misma policía que le gritó al Senador Algo la vez que saltó sobre la mesa con la maqueta del National Mall y mordió el Monumento a Washington.

—Tú otra vez —me dijo.

—Disculpe —dije tan educadamente como pude—. He encontrado el pájaro.

—¿Qué pájaro?

—El que hizo popó sobre el presidente.

Todos los policías se giraron.

—¿Has encontrado el águila? —preguntó.

—No es un águila. Es un Chickcharney. Quiero decir, un búho. Un búho de madriguera.

—Ajá.

—Ven a verlo tú misma si no me crees.

—Será mejor que lo compruebes —dijo otro de los policías—. Por si acaso.

La mujer policía suspiró.

—Enséñamelo, —dijo—. No le harás daño, ¿verdad?

Puso los ojos en blanco.

—¿Lo prometes?

—Sí, lo prometo. Lo prometo —dijo.

La llevé de vuelta por el pasillo hasta el lugar donde había encontrado el pájaro y señalé.

—¿Y bien?

Miré al lugar. El pájaro había desaparecido.

—Estaba aquí hace un minuto —dije—. Empecé a mirar dentro y alrededor de las otras tuberías. ¿Dónde estaba?

—No tengo tiempo para esto —dijo—. Y tú no eres más que un problema. Primero un Gato Demonio, ahora un pollo misterioso...

—No es un pollo. Chickcharney. Tienes que creerme. Encontré al pájaro que hizo popó sobre el presidente.

—Estoy cansada de que malgastes el dinero de los contribuyentes, arrastrándome por el Capitolio en a "perseguir gansos salvajes..."

—Te lo dije. No es un ganso. Es un búho. Chickcharney.

—Hasta aquí. Voy a llamar a mi jefe. Si tienes suerte, te quitará el pase familiar. O quizá te eche del Capitolio para el resto de tu vida.

—Pero...

Se dio la vuelta y volvió a su puesto en el detector de metales.

¿De verdad podía quitarme el pase? ¿De verdad podrían echarme del Capitolio para el resto de mi vida?

—¡Fina!

Era Mónica.

—¿Has encontrado a Chickcharney?

Estaba justo ahí, —señalé—. Pero ha vuelto a desaparecer. Y tengo problemas con esa mujer policía. Quiere echarme del Capitolio.

—Chickcharney —dijo Mónica—. Tan cerca. ¿Te ha dicho su mensaje?

Negué con la cabeza. Ahora Mónica nunca se enteraría de lo que Chickcharney tenía que decirle sobre su restaurante. Y yo nunca sabría si el pájaro tenía un mensaje especial para mí. En lugar de eso, podría perder mi pase familiar y no volver a entrar en el Capitolio. Nunca sería capaz de encontrar ese pájaro.

Capítulo 17

Gabby tenía ensayo con la banda el martes por la noche y Papá tenía una reunión. Abuelita dijo que no iba a dejar que me quedara sola en casa y me dijo que me pusiera el abrigo "ahora mismo".

—¿Adónde vamos? —pregunté.

—Ya verás.

Vi que se trataba de Nuestra Señora del Refugio. Se oía la reunión incluso antes de bajar al vestíbulo. Olía a café, lo que normalmente también significaba galletas. Si nada lo impedía, conseguiría postre por andar con Abuelita.

—¡Fina! —Tres personas vitorearon cuando Abuelita entró por la puerta. Esta vez sabía que llamaban a mi abuela.

—¡Y trajiste un par de manos extra! —Supongo que se referían a mí. Medio saludé.

—Esta es mi nieta Josefina —dijo Abuelita. Odiaba que usara mi nombre completo—. Es muy buena haciendo carteles.

A mí no se me daba muy bien hacer carteles, pero Abuelita me empujó hacia una mesa del fondo donde un grupo de señoras y algunos adolescentes estaban dibujando letras en grandes trozos de cartulina naranja y amarilla. "Nosotros también tenemos un sueño", decía uno de los carteles. "¡Reforma migratoria ya!", decía otro.

—Son para la marcha de la semana que viene —dijo uno de los chicos. Parecía mayor que Gabby, con el pelo largo y rizado y los ojos sonrientes—. Vamos a caminar desde la Casa Blanca hasta el Capitolio de Estados Unidos para exigir una reforma de la inmigración. ¿Quieres hacer uno? —Señaló la pila de cartulinas en blanco.

—Supongo —dije.

—Toma, —me dio un plumón negro y un cartel en blanco—. Escribe lo que quieras. En inglés o en español. O haz un dibujo.

—¿Qué debo decir? —pregunté.

—¿Pues qué te gustaría decir? —respondió él.

Me quedé pensando. ¿Qué me gustaría decir? Estaba agradecida de que Abuelita pudiera ser una ciudadana de verdad, votando el día de las elecciones por Papá e incluso formando parte de un jurado una vez. Abuelita dijo que fue el segundo día más feliz de su vida cuando levantó la mano y juró "apoyar y defender la Constitución y las leyes de los Estados Unidos de América". Su primer día más feliz fue cuando se casó con mi Abuelito.

No sabía cómo ponerlo en palabras, así que dibujé una bandera con barras y estrellas y una mujer de pie frente a ella con la mano sobre el corazón. Se parecía a Abuelita. Más o menos. Puse un poco de purpurina en la bandera y usé el plumón negro para escribir las palabras: "Mi sueño americano".

Mientras hacíamos carteles, Abuelita estaba sentada con un grupo de gente en la parte delantera de la sala, cerca del escenario. Estaban todos murmurando hasta que un hombre de pelo gris mal peinado agitó una pila de tarjetas de notas en el aire.

—Es muy probable que detengan a alguno de nosotros —dijo—. Quiero que pongas tu nombre en una de estas tarjetas, y el nombre de la persona que quieres que venga a pagar tu fianza para salir de la cárcel. Y asegúrate de anotar su número de celular.

¡La cárcel! ¿Abuelita iba a ir a la cárcel?

—Y recuerda —continuó—, no te resistas. Déjate caer. Eso les retrasará y tendrán que levantarte para arrestarte.

—Si intentan levantarme, me darán un tirón —gritó un hombre tan redondo como alto era el padre Andrew.

Todos los presentes se rieron. Nadie parecía preocupado por ir a la cárcel. Nadie excepto yo.

Alguien empezó a cantar.

Hemos esperado, esperado eternamente
Pero la esperanza está en el aire
Un nuevo día se acerca
Señor, escucha nuestra plegaria.

Más gente se unió. Pronto todos los presentes cantaban la canción, se tomaban de la mano y se mecían de un lado a otro. Era como si cuanto más cantaban, más valientes se volvían.

Nuestros días se vivieron en la sombra,
Pero el sol se abre paso
Un nuevo día se acerca
Que está destinado a mí y a ti.

Sentía un cosquilleo en la piel. Esta gente, incluso mi abuela, estaba dispuesta a ir a la cárcel para transmitir su mensaje.

Su mensaje. Recordé el mito del pájaro de la página web de Audubon, el que decía que cuando un pájaro entra en una casa, hay que esperar un mensaje importante. Tal vez el mensaje de Chickcharney no era para Mónica o el presidente o incluso para mí. Quizá el mensaje era para el Congreso.

Chickcharney era un inmigrante en Washington. Tal vez vino de California, como yo. Tal vez vino de México, como Abuelita. Tal vez su mensaje era para que el Congreso dejara de pelear y empezara a votar para arreglar la inmigración.

Oí una voz familiar que cantaba mal y alto. Era el padre Andrew. Pidió a todos que unieran sus manos para rezar. La gente inclinó la cabeza. Rezaron para que su marcha cambiara los corazones y las mentes. Rezaron por los niños a los que llamaban los Dreamers, los soldados y estudiantes universitarios que fueron traídos a este país cuando eran bebés y crecieron como estadounidenses, aunque la gente los llamara ilegales. Niños que ni siquiera podían recordar el país en el que habían nacido. El grupo rezó por los legisladores y la policía. Luego todos dijeron "amén" y hubo una gran carrera hacia la mesa de postres.

Había café, jugos y muchas galletas. Tomé un jugo de uva y un puñado de galletas de chocolate, pero Abuelita me miró mal y puse dos en su sitio.

—¿Y bien? ¿Qué te parece? —Me preguntó de camino a casa.

—¿De verdad te van a arrestar, Abuelita?

—Tal vez —dijo—. Pero probablemente no.

—¿Qué diría Papá? —le pregunté—. ¿No se enojará?

Se quedó callada un momento.

—Arturo es mi hijo y me querrá pase lo que pase. Pero sí, podría enojarse. A veces, mija, tienes que hacer cosas que enfaden a los demás si quieres cambiar algo que está mal.

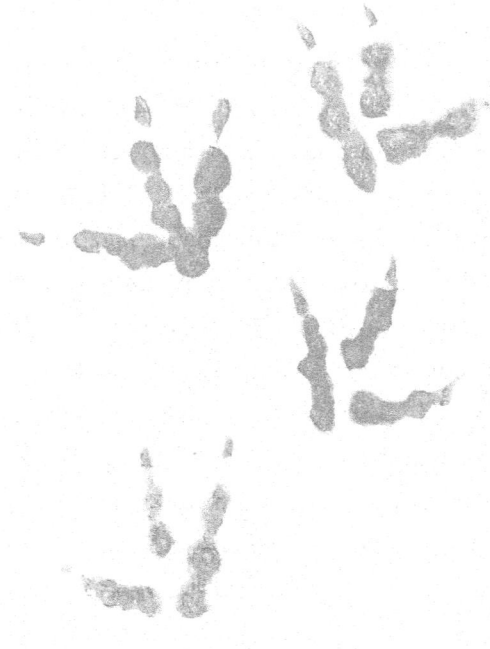

Capítulo 18

Al día siguiente, después de la escuela, el Senador Algo casi me arranca el brazo, arrastrándome hacia el lado oeste del Capitolio, a la piscina gigante de concreto donde le gustaba sorber el agua.

—Pero no es verano, Senador Algo, y quitan el agua en invierno, ¿recuerdas?

Ese perro naranja es tan testarudo como cualquier senador de los Estados Unidos. Quería ir a verlo por sí mismo.

Este lado del Capitolio solía estar bastante tranquilo porque a los turistas no les gustaba subir la colina para llegar al Centro de Visitantes. Pero esta tarde, había docenas de personas, todas subiendo la colina. Y el Senador Algo quería ir a saludar a cada uno de ellos.

—Siéntese, Senador Algo—, le dije. Se sentó, pero no estaba muy contento.

Los manifestantes llevaban carteles. Eran los carteles que hicimos en el salón de la iglesia. ¡Incluso mi cartel! Porque había delineado las estrellas con pegamento de purpurina.

"América fue fundada por inmigrantes", decía un cartel. "La Estatua de la Libertad llora". "Reforma migratoria ya".

Cantaron algunas de las canciones de la reunión de la iglesia. Alguien hizo sonar una trompeta y otro un tambor. Un grupo de monjas marchó, y también lo hicieron algunas mamás que empujaban a sus hijos pequeños en cochecitos. Reconocí al chico de los ojos sonrientes que me ayudó a hacer una pancarta de protesta. Luego vi a otra persona que reconocí: Abuelita.

Miré a mi alrededor para ver si la policía iba a detenerla. No. No había policía. Al menos, todavía no.

Ella me saludó. Le devolví el saludo.

—Ven, únete a nosotros, mijita, —gritó.

No estaba segura de si el Senador Algo y yo debíamos unirnos a la protesta. Si la policía me llevaba a la cárcel, ¿arrestarían también al Senador Algo? ¿Qué diría la congresista Mitchell si su perro estuviera entre rejas? El Senador Algo aulló, como diciendo que había pasado mucho tiempo entre rejas o, al menos, detrás de la jaula de alambre de su jaula de viaje. "No es lo mismo, —le dije—. En la cárcel no te dan golosinas para perros".

Abuelita volvió a saludar. Tal vez debería unirme a ella. Pero luego pensé en lo difícil que sería sostener un cartel de protesta y una correa al mismo tiempo.

Mientras lo decidía, un grupo de periodistas y cámaras de televisión pasaron a nuestro lado. El Senador Algo ladró. Uno de los periodistas se dio la vuelta. Era la del salami, Vicki.

—Hola, Senador Algo, —dijo—. Lo siento, hoy no hay tiempo para comer.

Se apresuró a alcanzar a los demás periodistas. El Senador Algo quiso seguirla, pero entonces vi que un grupo de policías se dirigía hacia los manifestantes. Algunos de los policías iban a caballo. El Senador Algo gruñó. No le gustaban los caballos.

—Vamos a llevarte a la oficina —le dije.

—¡Fina! ¡Ven rápido! —llamó Gabby—. Es Abuelita. ¡En las noticias!

Corrí escaleras abajo justo a tiempo para ver a algunos de los manifestantes, incluida una de las monjas, tumbarse en el suelo de mármol bajo la rotonda del Cannon House Office Building. Ninguna de ellas era Abuelita. "Seis personas fueron arrestadas —dijo la señora de las noticias—, incluyendo un miembro de una orden religiosa y tres estudiantes universitarios".

—¿Y dónde está...? Ahí está —dijo Gabby.

Y allí estaba. Abuelita estaba siendo entrevistada por la reportera de televisión.

—¿Por qué marchan? —preguntó el reportero.

—Marchamos por la justicia —dijo—. Marchamos para que Estados Unidos pueda abrazar a todas las personas que trabajan para hacer de este un país fuerte.

La reportera pareció que había terminado de hablar con Abuelita y se volteó para hablar con otro manifestante. Pero Abuelita no había terminado de hablar con ella.

—Marchamos por gente como yo, que vino a este país hace muchos años para tener una vida mejor. Y miren a nuestra familia ahora. Mi hijo es congresista.

Eso despertó el interés del periodista.

—¿Y quién es su hijo? —preguntó.

—El congresista Arturo Mendoza.

Gabby y yo nos miramos. ¿Papá estaba viendo las noticias esta noche?

Cuando Abuelita llegó a casa, fue directamente a la cocina. Queríamos preguntarle por las noticias de la tele, pero tenía su cara de "no me hables". Gabby lo intentó de todos modos.

—¿Qué hay para cenar, Abuelita?

—Menudo, —dijo ella.

La sopa costaba mucho trabajo porque había que limpiar los intestinos de una vaca. Sonaba asqueroso, pero sabía muy bien. Era la sopa que se le daba a la gente que tenía dolor de cabeza después de haber bebido demasiado la noche anterior. Creo que Abuelita sabía que Papá iba a tener otro tipo de dolor de cabeza esta noche.

Cuando Papá llegó a casa, tenía las orejas rojas. Me di cuenta de que la gente de Washington que no lleva sombrero ni orejeras en invierno tiene las orejas rosadas. Pero Papá llevaba un sombrero de lana que él llamaba fedora. Parecía el sombrero de una vieja película en blanco y negro. Me imaginé que sus orejas no estaban rojas por el frío. Estaban rojas porque estaba furioso.

—¿Dónde está tu abuela? —preguntó en vez de saludar.

—Buenas noches, Arturo —dijo Abuelita, saliendo de la cocina con una cuchara de madera—. Prueba.

—No tengo hambre—, dijo él. Colgó su pesado abrigo en el perchero cerca de la puerta principal. El sombrero de fieltro iba encima. Se quitó los guantes y los metió en el bolsillo del abrigo, se desató la bufanda y la metió en una de las mangas.

La gente hacía eso en Washington para no perder la bufanda. Yo nunca perdí mi bufanda porque nunca la usé.

—¿Pasa algo malo, Arturo? —preguntó Abuelita.

—Tú sabes exactamente lo que pasa, mamá. ¿Cómo...? ¿Cómo pudiste?

—Sólo estaba...

—El Líder de la Minoría me leyó el acta del motín. Lo llamó un "montaje". Dijo que era inaudito, un congresista utilizando a su madre para presionar a la Banda de los Ocho. O la Banda de los Cinco, como es ahora, ya que un demócrata se ha retirado, —dijo Papá.

—Sólo estaba ejerciendo mis derechos de la Primera Enmienda, mijo, —dijo ella—. Mi libertad de expresión.

—Tu ejercicio de la Primera Enmienda me avergonzó delante de mis colegas. Y si ese era tu objetivo mamá, lo has conseguido.

—Pero mijo...

—Voy arriba a cambiarme, mamá.

—Pero la cena...

—Comí en el Capitolio. Voy a hacer unas llamadas a ver si reparo el daño. Buenas NOCHES, Mamá.

Gabby y yo nos miramos. Papá estaba enojado. Muy enojado.

Siempre pensé que las cosas irían mejor cuando llegara Abuelita. Pensé que Papá vendría a casa para las cenas de Abuelita y que Gabby estaría menos malhumorada y que nuestra casa de Washington olería más como nuestra casa de Los Ángeles.

Las cosas no mejoraron. Estaban peor.

Capítulo 19

Cuando llegué a casa de la escuela al día siguiente, encontré a Abuelita llenando la maleta con todo lo que tenía en el armario.

—¿Qué haces? ¿Adónde vas? —le pregunté.

—Ahora no, mija —me dijo.

Puso sus zapatos en bolsas de papel y su ropa interior en una de esas bolsas extras con cierre que te dan cuando compras maquillaje.

—¿Vas a ir en el autobús del casino a Baltimore? —pregunté.

—Fina, puedes ayudarme dejándome pensar. ¡Vete!

¿¡Vete!? ¿De verdad Abuelita nos dejaba? ¿Se iba de vacaciones? ¿O volvía a Los Ángeles?

Llamé a la puerta de Gabby.

—¿Puedo entrar? —susurré.

—Estoy ocupada —respondió.

Probé la manija de la puerta. Estaba cerrada.

—Gabby, es importante. Abre la puerta. Por favor —le pedí. La oí lanzar un suspiro del tamaño de Gabby, pero abrió la puerta. Se tiró en la cama.

—¿Qué quieres?

—Es Abuelita. Se va.

—¿Cómo que se va?

—Está empacando todo, su cepillo de dientes, esa fea estatua del ángel del jardín, incluso la foto de graduación de mamá. Se va, Gabby. Y no creo que vuelva.

—Ella no puede hacer eso —dijo Gabby—. ¿Quién cuidaría de ti?

Ni siquiera fingí una risa.

—¿Qué vamos a hacer? —pregunté—. Papá sigue enojado con ella.

Nunca había visto a Papá tan enojado. Al menos no con Abuelita. ¿Tenía miedo de que lo echaran del Congreso? ¿O al menos que lo echaran de la Banda de los Cinco? ¿Qué haríamos Gabby y yo sin Abuelita? ¿Volvería Gabby a cocinar pastel de carne quemada para cenar?

—Tenemos que conseguir que se disculpen entre ellos —dijo Gabby.

—¿Cómo?

—No lo sé —respondió, levantando la almohada con forma de labios gigantes sin mirarla y dejándola caer sobre la cama—. Tenemos que entretener a Abuelita. ¿Dónde está su teléfono?

—Enchufado y cargando en la cocina.

—Ve a buscarlo —dijo Gabby—. Escóndelo.

—¿Qué diferencia hará eso? —le pregunté.

—¿Cómo va a llamar a alguien para pedir un coche si no tiene su celular? —preguntó Gabby—. ¡Ve! ¡Ahora!

Bajé corriendo las escaleras y desenchufé el teléfono. Busqué un buen lugar para esconderlo. ¿El cajón de los cubiertos? No. Demasiado obvio. ¿En mi habitación? No. Sería el primer sitio donde miraría. Corrí a la sala de estar. Ahora que todas las cajas de la mudanza estaban desembaladas, las estanterías estaban llenas. Más que llenas, rebosaban.

—¡Fina! —gritó Gabby.

Podía oír el ruido de Abuelita arrastrando su maleta escaleras abajo. Tenía que hacer algo. Tenía que hacer algo.

Escogí la repisa de abajo, llena de los viejos libros de historia de Papá. Abuelita odiaba inclinarse porque decía que le dolía la espalda. Nunca miraba los libros de ahí abajo. Metí el teléfono detrás de tres gordas biografías de Lyndon Johnson y me alejé corriendo de la escena del crimen para mirar por la ventana.

—Me pregunto cuándo llegará Papá a casa —dije, intentando no parecer sospechosa. Realmente me preguntaba cuándo volvería a casa. Tenía que parar Abuelita.

—No lo sé y no me importa —dijo Abuelita, poniéndose la bufanda y los guantes. Gabby bajó las escaleras detrás de ella. Me miró con un gesto de cejas como preguntándome si había escondido el teléfono. Asentí mientras Abuelita entraba en la cocina.

—¿Alguna de ustedes ha visto mi celular? —preguntó.

No contestamos. No me gustaba mentir porque entonces tendría que decírselo al padre Andrew en confesión.

Oí que Abuelita abría y cerraba los armarios y cajones de la cocina. Seguí a Gabby escaleras arriba. Llamó a Papá.

—Sé que dijiste que no te molestara durante tus reuniones de la Banda de lo que sea, Papá. Pero escucha —susurró al teléfono—. Tienes que volver a casa. Ahora mismo. Es Abuelita. Se va.

Oí a Abuelita subiendo las escaleras.

—Tengo que irme —le dijo a Papá.

Gabby colgó y miró a su alrededor buscando un lugar donde esconder su propio teléfono. ¿Debajo de la almohada? ¿En el cajón de la ropa interior? Corrió de un sitio a otro mientras los pasos de Abuelita se acercaban. Finalmente, lo metió en una bota de cuero negro del armario. Miró a su alrededor y cogió un par de suéteres del suelo del armario.

—¿Qué te parece, Fina?—, preguntó con voz fingida. Como si Gabby alguna vez me hubiera pedido consejo sobre ropa—. ¿El negro o el rojo?

Abuelita llamó y luego abrió la puerta, sin esperar siquiera un "pasa".

—¿Dónde está, mijas?

—¿Dónde está qué, Abuelita? —preguntó Gabby.

—Mi teléfono. No jueguen al estúpido conmigo.

No dijimos nada.

—Estoy muy decepcionada de ustedes dos. —Bajó las escaleras.

—¿Y ahora qué? —Le pregunté a Gabby. Ella se encogió de hombros. Las dos nos arrastramos hasta el piso de abajo.

—Por suerte para mí, —dijo en voz alta—, la casa de tu padre está a sólo tres cuadras del metro.

—Ya sé, —susurré—, escondamos su abrigo.

Hacía un frío que te congelabas. Ni siquiera Abuelita sería tan tonta como para salir a la calle sin su abrigo rojo. Corrí escaleras abajo y lo tomé del perchero que había junto a la puerta. Me volví para subir corriendo, pero el abrigo no venía conmigo. Abuelita tenía agarrada la otra manga y no la soltaba.

—Me voy, mija, y punto. —Me quitó el abrigo de los brazos y se lo puso.

—Abuelita, no puedes irte. ¿Quién cuidará de nosotros?

—Eso depende de tu padre ahora, —dijo ella.

Gabby corrió escaleras abajo.

—Por favor, Abuelita. Habla con Papá.

Abuelita tenía la maleta en una mano y abría la puerta con la otra.

—No tengo nada que decirle a tu padre.

—¿Y por qué no? —Era Papá, justo a tiempo.

—¡Habla con ella, Papá! —Le dije.

—Tengo que coger el metro, —dijo ella.

—Puede esperar, —dijo Papá, cerrando la puerta principal—. Ahora, vamos a sentarnos en la cocina y hablar.

Abuelita era como un personaje de caricaturas. Casi se le veía salir vapor por las orejas. Miró fijamente a Papá. Él le devolvió la mirada.

—Está bien —dijo, empujando la maleta en brazos de Papá—. Se dirigió a la cocina.

—Tienes que hacer que se quede, Papá —le dije—. Tienes que hacerlo.

—No se preocupen, mijas.

Papá respiró hondo y entró en la cocina. Cerró la puerta. Gabby y yo nos miramos. Mamá decía que escuchar a escondidas era un pecado, que se castigaba oyendo algo que no querías oír. No nos importaba. Gabby y yo nos acercamos sigilosamente a la puerta de la cocina.

No hacía falta. Abuelita hacía tanto ruido como un camión de reparto dando marcha atrás.

—Di lo que tengas que decir, Arturo, y ya está.

—Mamá, ¿qué es todo esto? ¿De verdad? Es algo más que nuestro desacuerdo por tu protesta contra la inmigración.

Hubo una pausa. Abuelita habló en voz más baja.

—Vine a Washington para ser útil, para ayudarte a ti y a las niñas, como hice en Los Ángeles después de la muerte de Grace. Pero ya no me necesitan. Ninguno de ustedes.

—Claro que te necesitamos, mamá.

—Todo cambió en esos meses que estuvieron viviendo aquí sin mí. Esas niñas han crecido. Dejan muy claro que se avergüenzan de su abuela, que no necesitan que las acompañe a la escuela ni que opine sobre la ropa que eligen ponerse.

—Te equivocas, mamá. Sí te necesitan. Yo te necesito.

—Están demasiado ocupados para necesitarme, mijo. Así que pensé en encontrar a alguien que sí lo hiciera. Esos inmigrantes sin papeles, me necesitan.

—Por eso estoy trabajando en la reforma migratoria, mamá. Y tienes que dejarme hacer mi trabajo. Hablar con los periodistas de la tele lo hace imposible. ¿Sabes lo disgustado que estaba el liderazgo cuando se emitió esa entrevista en televisión? Me llamaron al despacho del Líder de la Minoría como si fuera un alumno de octavo al que han pillado fumando en el baño de los niños. Por favor, mamá. Por mi bien, por el bien de la causa que tanto te importa, para. Por favor.

—No puedo, mijo. Por una vez en mi vida, tengo la oportunidad de hacer oír mi voz. De marcar la diferencia en este mundo —dijo ella—. No seré silenciada. Ni siquiera por mi propio hijo.

Gabby y yo nos miramos. Papá volvió a hablar con una voz tan suave que apenas podíamos oírle.

—Prométeme que al menos lo consultarás con la almohada, mamá. ¿Por favor?

Oímos el ruido de una silla contra el suelo de la cocina. Gabby y yo nos apartamos corriendo de la puerta para evitar que nos pillara.

—De acuerdo —la oímos decir—. Lo consultaré con la almohada.

Abuelita entraba a la hora de dormir para apagarme la luz y escuchar mis oraciones. Pero me di cuenta de que estaba pensando en otra cosa.

—¿Sigues enojada, Abuelita?

—Quizá debería volver a California. Aquí no te sirvo de nada.

—¿Pero quién cuidará de nosotras?

No contestó, sólo me besó en la cabeza y apagó la luz.

Capítulo 20

A la mañana siguiente, ya no estaba.

—No hay que preocuparse, mijas —dijo Papá—. Volverá.

Pero no había vuelto cuando papá y yo volvimos a casa del Capitolio aquella tarde. Ni para cuando Gabby llegó del ensayo con la banda. Papá pidió pizza para cenar, pero no comió más de medio trozo.

—¿Por qué no me ha llamado? —preguntó a nadie en particular.

Gabby y yo nos miramos. Ella asintió.

—Escondí su teléfono —dije en voz baja.

—¡Tú qué!

—Pensamos que no podría irse si no podía llamar a un taxi —dijo Gabby—. Supongo que nos equivocamos. Ahora no podemos llamarla ni mandarle mensajes.

—Lo sentimos —dije.

Papá suspiró.

—No es para preocuparse, mijas. Estaban usando la cabeza, tratando de mantenerla aquí.

—¿Qué vamos a hacer, Papá? —pregunté.

Papá empezó a llamar a todos los parientes de California.

—No, Arturo —dijo la tía Catalina—. Ella no está aquí.

—Voy a llamar a la policía —dijo Papá.

—No, espera. No hagas eso —dijo mi tía—. Ella está bien.

—¿Ella te llamó? —preguntó él—. ¿Dónde está?

—Escucha, Tutu —dijo la tía Catalina—. Ya conoces a mamá. Sólo necesita desahogarse. Dale tiempo.

Papá suspiró.

—¿Cuánto tiempo?

—Paciencia, Tutu —dijo ella—. Paciencia.

Papá colgó con la tía Catalina y empezó a mirar sus correos electrónicos. Entonces empezó a fruncir el ceño.

—Fina, ¿de qué va todo esto?

—¿De qué va qué, Papá?

Estaba en la mesa de la cocina, mirando un mapa de los sótanos del Capitolio de Estados Unidos que había dibujado. Mañana volvería a buscar al pájaro.

—Un correo electrónico de la policía del Capitolio —dijo—.

Creo que me quedé con la boca abierta.

—Era esa malvada policía del Capitolio —le dije—. Todo lo que hice fue intentar enseñarle a Chickcharney. El pájaro que hizo popó sobre el presidente. Pero cuando me siguió hasta allí, el pájaro había desaparecido.

—Quizá tu abuela tenía razón, —dijo Papá. —Dejándote correr por el Capitolio sin supervisión, tratándolo como tu patio de recreo personal.

—No estaba jugando, Papá. Estaba investigando.

—Basta, Fina. Si pusieras la mitad del esfuerzo en fracciones que pones en tu pasatiempo detectivesco...

—No es un pasatiempo, Papá. Mónica me necesita. Ella necesita oír el mensaje. Yo necesito oír el mensaje.

—¿Qué mensaje?

No respondí. ¿Cómo podía decirle que Chickcharney podría tener un mensaje de mamá?

—Fina.

Se hizo tanto silencio en la cocina que pude oír el zumbido del refrigerador. ¿Era esa la razón por la que Abuelita nos dejó? ¿Estaba molesta porque estaba paseando perros y buscando a Chickcharney en vez de hacer la tarea?

—¿Fue culpa mía, Papá? ¿Que Abuelita nos dejara?

Papá dejó el teléfono.

—Mijita , —dijo—, aplastándome en un abrazo. El que tu abuela se fuera no tiene nada que ver contigo. Sólo está enojada conmigo.

Caminó por la cocina, abriendo alacena. Encontró las últimas galletas de azúcar y las puso sobre la mesa. Sacó dos vasos y los llenó de leche. Luego se sentó. Me acercó uno de los vasos. Mojamos las galletas caducas y nos las comimos sin decir palabra.

Cuando se acabaron, Papá se quitó las migajas de los dedos.

—Recuerdo una vez, cuando el tío Tom y yo éramos muy pequeños, que tu abuelita descubrió que habíamos estado jugando junto a las vías del tren. Era la primera vez que la veía enojarse de verdad. Gritó tanto que prácticamente le explotó la cabeza. Me asusté. No me di cuenta de que ella también tenía miedo. Asustada de que nos atropellara un tren.

—¿Por qué jugabas junto a las vías del tren?

—Porque a Tommy y a mí nos encantaban los trenes. Habíamos visto los antiguos en Griffith Park y queríamos ver uno de verdad de cerca.

—Creo que Abuelita tenía razón al gritarles.

—Yo también.

—Pero dejó de enojarse contigo, ¿verdad?

—Con el tiempo —respondió Papá—. Y con el tiempo, dejará de estar enojada conmigo, otra vez.

—Y con el tiempo, —pregunté en voz baja—, ¿Abuelita volverá a casa?

Papá asintió y se terminó la leche.

Pensé en el correo electrónico de la policía del Capitolio. Sentí un dolor en el estómago.

—¿Pueden quitarme el pase familiar, Papá? —pregunté preocupada.

—Sí, pueden. Estabas perturbando el trabajo de la policía del Capitolio.

—Pero Papá...

—Por suerte para ti, no es eso lo que piden. Puedes conservar tu pase, pero tienes que permanecer fuera del Capitolio. Al menos por ahora. Sólo se te permite dentro, sin supervisión, por dos razones. Una, si vas a buscarme. O dos, si tienes algún asunto oficial allí.

—Pero Papá, yo estaba allí por asuntos oficiales. Buscaba al pájaro que hizo popó sobre el presidente.

—Eso no es oficialmente asunto tuyo, mija. Debes, y cito aquí el correo electrónico, "dejar la caza del pájaro a los profesionales". ¿Lo has entendido?

—Pero ya nadie busca al pájaro, excepto yo y...

—Fina —completó el padre.
—Sí, Papá. Lo comprendo.

Pero también comprendí que Mónica necesitaba mi ayuda. Tenía que encontrar ese pájaro.

Capítulo 21

La Sra. Greenwood me pidió que me quedara después de clase. Eso nunca era bueno. Esperé hasta que todos hubieron abandonado el aula. Becka sonrió de mala manera al pasar junto a mí. Michael dijo "buena suerte" antes de salir de la clase. Luego se hizo el silencio. Me acerqué lentamente a su mesa.

—Se trata de tus matemáticas, Fina —dijo—. Parece que te estás quedando atrás.

—He entregado la tarea.

—Sí, los entregaste —me dijo—. Pero había muchos errores.

No sé por qué, pero se me escapó un llanto. Nunca lloro. O casi nunca. Fue vergonzoso.

—No entiendo por qué soy tan tonta en matemáticas —dije—. Cuando estaba en la guardería, podía sumar hasta veintiuno más rápido que cualquiera de mi clase.

—¿Veintiuno?

—Mi Abuelita me enseñó a jugar al blackjack en cuanto pude sujetar las cartas sin que se me cayeran.

—Ah —dijo ella—. Pero las fracciones son diferentes.

La Sra. Greenwood arrastró una silla junto a su escritorio y me indicó con la cabeza que me sentara.

—Odio las fracciones.

—No son tan malas.

—Son lo peor —dije, tirando el lápiz.

La Sra. Greenwood lo recogió. Golpeó el lápiz contra su rodilla.

—Piensa en las fracciones como en un rompecabezas —dijo.

—¿Como un misterio?

—¡Exacto!

—Se me dan bastante bien los misterios —dije.

—¿Ves? Eso significa que también se te darán muy bien las matemáticas. Todo lo que tenemos que hacer es desenredar los trozos del misterio.

—Necesitas una fórmula. Cuando descubras la fórmula, podrás resolver el problema. Vamos a resolverlo juntos —dijo, sacando un papel limpio.

Escribió los problemas de la tarea de ayer, los que yo había resuelto mal. Me quedé mirándolos. Parecían un enredado ovillo de hilo, del que era imposible encontrar el hilo correcto del que tirar.

—Lo principal es tratar de forma diferente el numerador y el denominador —dijo—. Déjame que te enseñe.

Trabajamos juntas durante una hora. Seguía sin entenderlo todo, pero al menos las fracciones no me parecían un enredo imposible. Ahora sabía que debía tener cuidado con esos denominadores engañosos que podían cambiar de identidad si no tenías cuidado.

Miré el reloj.

—¡Oh-oh! El Senador Algo estará esperando —dije.

—Todo el mundo conoce a alguien importante en el Capitolio —dijo sacudiendo la cabeza—. Creo que no conozco a ese Senador en concreto. ¿Es de Alaska?

—No, es de Georgia. Pero no es un senador de verdad. Es un perro. El perro de la congresista Mitchell. Yo lo saco a pasear. Es mi trabajo.

Algo le pasaba al Senador Algo. No movía la cola como un loco cuando fui a recogerlo para su paseo vespertino.

—¿Está enfermo o algo así? —pregunté a la congresista Mitchell.

—Tú también lo notaste —dijo ella—. Estoy pensando en llamar al veterinario. Le rascó la cabeza detrás de las orejas, que suele ser lo que más le gusta en el mundo—. Creo que está cansado de que me pase todo el tiempo en esas reuniones sobre inmigración.

—La Banda de los Cinco —dije.

—Es probable que el viernes sea la Banda de los Cuatro —ella suspiró.

—¿También va a renunciar? —le pregunté.

—Parece una pérdida de tiempo. Nadie se pone de acuerdo en nada. demócratas y republicanos ladrándose unos a otros y ninguna de las partes escucha a nadie.

—Quizá debería llevarse al Senador Algo con usted —dije—. Así al menos tendrían una Banda de Cinco y Medio.

—No es buena idea —dijo ella—. Ese perro es más testarudo que cualquier miembro del Congreso.

—¿Quién está siendo testarudo? —le pregunté.

—Los demócratas. Quieren abrir la puerta a todo Tom, Dick y Harry que quiera venir a este país —dijo—. ¿Cuándo acabará?

Volví a oír aquel ruido, que parecía el de la consulta del dentista.

—¡Argh! Ojalá acabaran de una vez —dijo la congresista Mitchell.

—¿Quién?

—El Arquitecto del Capitolio. Están arreglando el garaje Rayburn. El concreto de ahí abajo se está cayendo a pedazos, literalmente. Incluso cayó un trozo del techo encima de un coche. No mi coche, gracias a Dios. Llevan semanas trabajando en ese garaje. El ruido es tan fuerte que sacude todo el edificio. Al menos no empiezan hasta después de las cinco.

Miré el reloj. Sólo eran las cuatro y media.

—Normalmente —dijo.

La congresista Mitchell le dio una palmadita en la espalda.

—Vamos, Senador Algo —dijo—. Te sentirás mejor después del paseo.

El Senador Algo no lo creía, pero me dejó enganchar la correa a su arnés y me siguió hasta la puerta. Cruzamos la calle hasta el parque que había sobre el estacionamiento. Dejé que el Senador Algo se quedara dentro de la fuente vacía, que solía ser una de sus actividades favoritas. Bostezó. Era como si dijera: ¿A quién le importa? ¿Estaba deprimido el Senador Algo?

Intenté hablarle de Abuelita. No respondió. Intenté hablarle del caso.

—¿Adivine qué, Senador Algo? ¡He visto al pájaro! En el sótano. —Me ignoró, husmeando alrededor de uno de los bancos de concreto—. ¿Me ha oído, Senador Algo? ¡He encontrado a Chickcharney! Pero para cuando conseguí que la policía del Capitolio viniera a ayudarme a capturarlo, el pájaro ya no estaba. Desapareció antes de que pudiera oír su mensaje. Luego me metí en problemas por apartar a la policía de su trabajo y ahora no me dejan volver al Capitolio.

El Senador Algo me miró por fin. Se le cayó la boca. Me di cuenta de que se sentía mal por todo lo que había pasado. Lanzó un pequeño aullido triste. Estaba de acuerdo conmigo en que la mujer policía sólo estaba siendo mala.

—Pero no voy a detener mi investigación —dije—. Sólo tengo que mantenerme fuera del Capitolio. Al menos durante un tiempo. Aún hay preguntas que necesito responder y puedo buscar respuestas sin poner un pie dentro del edificio. Por ejemplo, ¿cómo entró ese pájaro en el Capitolio?

El Senador Algo no estaba escuchando. Miraba las ramas desnudas de los árboles del estacionamiento. Levanté la vista y entorné los ojos hacia el sol poniente para ver qué miraba.

—Es sólo una paloma, Senador Algo —le dije—. ¿Y a ti qué te importan los pájaros? No eres un perro de pájaros.

Aquello pareció molestarlo. Me miró y refunfuñó.

El pájaro gris echó a volar. Dio vueltas alrededor de los cubos de basura durante un rato. El Senador Algo ladró a la paloma, como diciendo: "Puedo ser un perro pájaro si quiero ser un perro pájaro".

A la paloma no le importó. Cogió media patata frita y cruzó la calle volando. Desapareció en el arco del muelle de carga del edificio Longworth.

¡El muelle de carga! ¡Así fue como el pájaro entró en el Capitolio! Si Chickcharney entraba volando en el muelle de carga, ¡podría volar por el pasillo del sótano hasta la entrada subterránea del Capitolio! Sería un largo camino para un pájaro, pero un pájaro podría volar justo por encima de las cabezas de los policías del Capitolio que estaban cerca del detector de metales.

—¿Qué opina, Senador Algo? ¿Es así como Chickcharney entró en el edificio? —pregunté.

Se lo pensó un momento. Una de sus peludas cejas se alzó, una mirada que parecía decir "tal vez".

—Tengo que probar mi fórmula.

El Senador Algo emitió un pequeño gemido. No parecía pensar que fuera una gran idea.

—Lo sé, podría meterme en un buen lío si me pillaran dentro del Capitolio. Pero Mónica me necesita. Y a nadie más parece importarle. Abuelita dijo que a veces tienes que hacer algo que enfurezca a los demás si quieres cambiar algo que está mal. Ignorar al pájaro de Mónica está mal. Tengo que hacer algo para ayudarla —dije—.

No añadí: "Y ayudarme a mí también".

El perro naranja lo pensó. Luego ladró. ¡Estaba de acuerdo!

—Ahora —dije—, sólo necesito encontrar una razón oficial para volver a estar dentro del Capitolio.

No se lo dije al Senador Algo, pero ese motivo era San

Sebastián. Yo era paseadora de perros y uno de mis perros pertenecía al Capellán de la Cámara, y éste tenía un despacho en el sótano del Capitolio. Así que tuve que volver a entrar. Tuve que ir al sótano.

A la tarde siguiente, intenté parecer normal mientras caminaba hacia la entrada del Capitolio, pero me sudaban las manos dentro de los guantes. ¿Qué me pasaría si se dieran cuenta de que no me dejaban entrar? ¿Llamarían a Papá? ¿Me meterían en la cárcel del Capitolio? ¿Había una cárcel en el Capitolio?

Resultó que no tenía por qué preocuparme. Nadie me prestó atención en absoluto. No había ningún cartel de se busca con mi foto. Mi nombre no figuraba en ninguna lista. La policía del Capitolio de la entrada apenas echó un vistazo a mi carné familiar mientras pasaba por el detector de metales. Pero si Papá se enteraba, sería otra historia.

Primero asomé la cabeza en el Para Llevar. Mónica no estaba trabajando en la caja registradora. A lo mejor estaba descansando.

Luego bajé por la empinada escalera hasta el despacho del capellán. San Sebastián se alegró de verme. Parecía sonreír, con la lengua colgando por un lado de la boca.

—¿Listo para partir, San Sebastián? —pregunté.

—¿Eres tú, Fina? —llegó una voz desde la otra habitación.

—Hola, padre Andrew.

—Lleva toda la tarde esperándote. ¿Qué tiempo hace fuera? —preguntó el sacerdote.

El padre Andrew no tenía ventana en el sótano. No sabía que hacía un día luminoso y soleado.

—Hace frío —dije, omitiendo la parte soleada—. ¿Qué le parece si llevo a San Sebastián afuera a hacer sus necesidades y luego damos las vueltas dentro, donde hace calor?

—Tú eres la experta —dijo el sacerdote.

Así que eso fue lo que hicimos. Limpié lo que había ensuciado el perrito y puse la bolsita en la papelera. Mientras caminábamos de vuelta al interior del Capitolio, le conté a San Sebastián mi investigación.

—En realidad he visto a Chickcharney —dije—. Creo que en verdad es un búho con patas superlargas. Pero cuando se lo dije a Mónica y volví a las tuberías, ya se había ido. Necesito que pongas en práctica tus habilidades de cazador de pájaros para volver a encontrarlo. ¿Crees que puedes hacer eso?

San Sebastián movió la cola como un limpiaparabrisas. Supuse que eso significaba "sí".

—Primero, vamos a ver si tengo razón sobre cómo entró el pájaro en el Capitolio en primer lugar. Volveremos sobre sus pasos. O, en realidad, su trayectoria de vuelo.

Empezamos en el muelle de carga del edificio Longworth House Office. Seguimos los pasillos subterráneos que conducían de los edificios de oficinas de la Cámara al Capitolio de los EE. UU. Cuando llegamos al detector de metales, volví a mostrar mi pase y entramos en el pasillo con las tuberías y el arte de la escuela. Miré hacia arriba. Los techos eran muy altos. Lo suficientemente altos como para que un búho volara por encima de las cabezas de un montón de policías aburridos.

Caminamos hacia el Para Llevar. Mónica seguía sin aparecer. Luego recorrimos la parte antigua del sótano del Capitolio, buscando señales del pájaro. El perrito olfateó el suelo mientras yo miraba los cables y tuberías que había por encima. Nada.

Buscamos alrededor de las enormes tuberías del pasillo con el arte de la escuela secundaria. San Sebastián estaba más interesado en los pequeños cubos de basura que en encontrar a Chickcharney. Y entonces tuvo que ir al baño otra vez.

—Puede que seas un perro pajarero, San Sebastián, pero no eres muy buen detective.

Se estaba haciendo tarde. Mi investigación tendría que esperar hasta mañana.

El padre Andrew nos recibió en la puerta de su despacho.

—Han estado fuera mucho tiempo —dijo el alto sacerdote, que tenía un par de gafas de lectura apoyadas en la cabeza calva. Nunca le había visto llevar gafas en misa, ni siquiera en la reunión de inmigración en el salón de la iglesia.

¡La reunión de inmigración! Por supuesto. Seguro que el padre Andrew sabía dónde se escondía Abuelita. Podría decirme si estaba de acuerdo. Pero los sacerdotes tienen que guardar secretos cuando la gente les cuenta cosas en confesión. ¿Podría decirme la verdad sobre Abuelita? ¿Le había pedido ella que mantuviera en secreto su escondite?

Rasqué la parte superior de la cabeza de San Sebastián para ocupar algo más de tiempo mientras pensaba en cómo obtener una respuesta. Sólo tienes que preguntar, me dije.

—Padre Andrew, ¿ha visto a mi abuela?

El padre Andrew hizo una pausa.

—La veo siempre en las reuniones de inmigración. Y en la iglesia los domingos.

No era eso lo que preguntaba, y creía que el padre Andrew sabía que no era eso lo que preguntaba. Tuve que dejarle claro lo importante que era obtener una respuesta real.

—Todos estamos preocupados por ella. Ella y Papá tuvieron una pelea terrible y luego desapareció. No nos dijo adónde iba. Ni siquiera se llevó el teléfono. ¿Tienes alguna idea de cómo encontrarla?

El padre Andrew miró la alfombra azul. Me di cuenta de que intentaba averiguar cómo responderme. Por fin levantó la vista.

—Fina, tu abuela está sana y salva. Te prometo que pronto tendrás noticias suyas —dijo el padre Andrew.

Pronto. ¿Qué tan pronto?

Capítulo 22

Abuelita estuvo fuera tres días. Seguimos esperando noticias. Nada. Papá llamaba todos los días a la tía Catalina.

—Está perfectamente, Tutu —decía—. Deja de preocuparte.

Pero Papá seguía preocupado.

—¿Adónde podría ir? No tiene amigos —dijo Papá—. Debería llamar a la policía.

El padre Andrew había prometido que pronto tendríamos noticias de ella. ¿Cuándo llegaría "pronto"?

Decidí que ya habíamos esperado bastante.

—Llama al padre Andrew —dije.

—Necesito algo más que una oración —respondió Papá.

—Él podría saber en dónde está.

—¿Por qué iba a saber el capellán de la Casa dónde se esconde tu abuela? —preguntó Papá.

—Porque lo vi en una de sus reuniones —respondí—.

—¿Reuniones?

—Sobre inmigración. Abuelita hizo muchos amigos nuevos en esas reuniones. Incluso la llaman Fina. Apuesto a que se aloja con alguna de las otras señoras que marcharon con ella al Capitolio. Y apuesto a que el padre Andrew sabe cuál.

Papá me miró fijamente durante medio minuto y luego me besó en la frente.

—Empiezo a pensar que realmente eres detective —dijo.

Yo estaba en lo cierto. Abuelita se alojaba en casa de una señora de la marcha de inmigración. El padre Andrew le dio a Papá el número de teléfono. El único problema era que Abuelita no estaba dispuesta a volver a casa.

—Toma, hazla entrar en razón —dijo Papá, dándome el teléfono.

—¿Abuelita? ¿Estás bien?

—Bien como la lluvia —dijo, utilizando una de sus extrañas expresiones. ¿Cómo va a estar bien o mal la lluvia?

—¿Cuándo vuelves a casa? —le pregunté.

—¿A casa, a California?

—A casa, al Capitolio —dije—. Te necesitamos.

—Parece que no —dijo ella—. Tú, Gabby e incluso tu padre se avergüenzan de tenerme cerca.

—No me avergüenzo. No exactamente... —dije.

Odiaba hablar por teléfono. Siempre era mucho mejor cuando podías hablar con una persona cara a cara. Deseaba poder hablar con Abuelita en persona. ¿Pero cómo? Entonces recordé sus reuniones de inmigración de los martes por la noche en Nuestra Señora del Refugio. Hoy era martes.

—¿Vas a ir a la reunión de esta noche? —le pregunté.

—Of course. Por supuesto. Tu padre no puede impedírmelo —dijo.

—Creo que él lo sabe, Abuelita. Te echa de menos, ya lo sabes.

—Qué buena manera tiene de demostrarlo.

—No fue Papá quien hizo que detuvieran a esa gente en la protesta.

—Podía haberlo impedido —dijo ella.

Suspiré. Tendría que hablar con ella en persona. Tenía que convencer a Papá para que me dejara ir a la reunión de inmigración de esta noche.

Papá dijo que sólo iría si me llevaba él mismo. Así que los dos bajamos por la calle del Capitolio Sur hasta Nuestra Señora del Refugio. Papá suspiraba mucho mientras caminábamos.

—¿Qué pasa, Papá? ¿Te preocupa que Abuelita vuelva a gritarte?

—Parece que últimamente todo el mundo me grita —dijo—. Otro congresista se ha dado de baja. Ahora somos la Banda de los Cuatro.

—¿Por qué no dejas esa Banda de los Cuatro? —le pregunté.

—Eso sería como rendirse —dijo—. Los Mendoza nunca se rinden.

Pensé en ello. Quizá por eso no podía renunciar a detectar. Tenía que ayudar a Mónica. No podía renunciar.

Quizá por eso Abuelita se mostraba tan testaruda.

—Papá —le dije—. Abuelita también es Mendoza.

Papá asintió con la cabeza.

Papá abrió la pesada puerta de la sala de reuniones que había bajo la iglesia. El aire cálido sopló a nuestro alrededor. Había cajas de cartón cerca de la parte delantera del escenario. Había latas de maíz, tomates, habichuelas y sopa apiladas en todas las mesas plegables. Había cubos de avena y tarritos de comida para bebés y paquetes grandes de pañales.

Niños de la edad de Gabby y señoras mayores que Papá estaban empaquetando cajas y bolsas con comida. No vi a Abuelita.

La habitación estaba llena de música ranchera. Algunas personas cantaban.

—¡Congresista! Bienvenido —dijo el padre Andrew mientras se metía una pila de bolsas marrones de la compra bajo el brazo y extendía la mano derecha—. ¿Viene a echar una mano?

Papá estrechó la mano del sacerdote, con cara de confusión.

—Creía que ésta era la reunión de inmigración.

—Lo es —dijo el padre Andrew—. Pero esta noche estamos empaquetando cajas de comida para algunos de nuestros feligreses. Ya sabes, los que no tienen papeles ni trabajo.

—Claro —dijo Papá—. Esperaba ver a mi madre.

—¡Tutu! —dijo una voz procedente de la cocina—. Estoy aquí.

Claro que estaba. Abuelita no era feliz si no estaba en la cocina. Era como su laboratorio, el lugar donde cocinaba fórmulas secretas para arreglar los problemas de todo el mundo.

Abrimos la puerta de un empujón y la encontramos removiendo una olla gigante de algo en el fogón. Olía a sopa de albóndigas.

—¿Cómo vas a envasar sopa? —pregunté.

—¡Y yo también me alegro de verte! —dijo ella, agitando un dedo hacia mí. Luego abrió los brazos para abrazarme. Me sentí bien al estrecharme entre sus brazos, al oler su crema solar y su olor a sopa.

—¿Tienes hambre? La sopa es para los voluntarios, no para las cajas de comida. Si alimentas a la gente, la haces feliz —dijo Abuelita, mirando mal a Papá—. A la mayoría. Y la gente feliz trabaja aún más.

—¿Estás lista para volver a casa, mamá? —preguntó él.

—Estoy lista para servir sopa. Toma, haz algo útil —dijo ella, lanzándole una toalla a Papá.

Él cogió la toalla, suspiró y se la metió en el cinturón como si fuera un delantal. A veces Papá recordaba que Abuelita seguía siendo su madre y aún podía darle órdenes como si fuera un niño pequeño.

—¿Platos para sopa? —preguntó.

—En aquel armario, —dijo ella—. Fina, puedes sacar las cucharas y las servilletas —señalando los cajones del otro lado del fregadero.

Papá extendió un plato en cada mano y Abuelita sacó con cuidado un poco de sopa. No derramó ni una gota. Tampoco la derramó cuando llenó el otro cuenco.

—¿Dónde los quieres? —preguntó él. —En la mesa vacía del vestíbulo.

Papá llevó cuencos de sopa, de dos en dos, a los hambrientos voluntarios. Abuelita me guiñó un ojo que indicaba que ya no estaba molesta con Papá.

—Anda, —me dijo—, saca las cucharas y las servilletas.

Sonreí y me apresuré a salir, pasando junto a Papá cuando volvía a por más platos de sopa. De algún modo, Papá y Abuelita lo arreglarían. Quizá algún día todas aquellas personas enojadas de la Banda de los Cuatro encontrarían la manera de solucionarlo. Quizá sólo necesitaran un poco de la sopa de albóndigas de Abuelita.

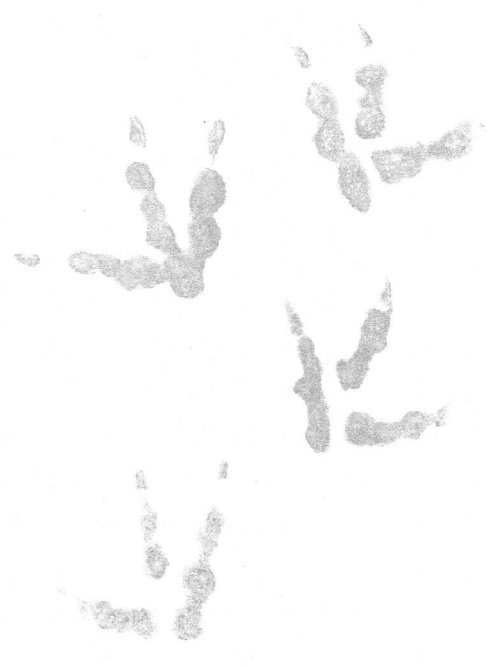

Capítulo 23

Abuelita no volvió a casa con nosotros aquella noche. Ni al día siguiente. El viernes por la tarde, Gabby y yo estábamos arriba cuando oímos la llave en la puerta principal. Pensamos que era Papá. Y no lo era.

—¿Va a venir alguien a ayudar a una anciana con su equipaje? —dijo Abuelita al entrar.

Gabby y yo prácticamente tropezamos al bajar corriendo las escaleras y caer en sus brazos.

—¿De verdad has vuelto, Abuelita? —preguntó Gabby.

—¿Has vuelto para quedarte, Abuelita? —añadí yo.

—Bien, o mal, aquí estoy.

Pero, ¿qué diría Papá cuando llegara a casa? ¿Empezarían a pelearse otra vez? ¿Diría alguien: "Te lo dije" y la otra persona se enojaría? ¿Recogería Abuelita sus cosas y volvería a marcharse?

Me pareció una eternidad hasta que Papá llegó a casa. Esperé cerca de la puerta principal, asomándome a la ventana cada cinco minutos. Por fin, ¡allí estaba! Abrí la puerta antes de que pudiera meter la llave en la cerradura.

—¿Son la fiesta oficial de bienvenida? —preguntó. Luego olfateó. Abuelita se había pasado la tarde en la cocina, golpeando ollas y sartenes y prohibiéndonos a Gabby y a mí entrar a ver qué estaba cocinando. Fuera lo que fuera, hizo sonreír a Papá. Empezó a caminar hacia la cocina.

—¡Espera, Papá! —le dije. No quería que Abuelita le gritara por interrumpir. No quería que volvieran a pelearse. No quería que Abuelita se fuera—. Creo que deberías quedarte fuera de la cocina —susurré—. Ya sabes cómo es cuando Abuelita es la reina de la cocina.

Se rio y me dio una palmada en la cabeza, dirigiéndose arriba para cambiarse la ropa de trabajo. Incluso le oí silbar.

Abuelita puso la mesa como si fuera una cena elegante. Utilizó la vajilla buena e incluso dobló las servilletas de papel para que parecieran pequeños cisnes.

Gabby y yo no dejábamos de mirar a Abuelita, luego a Papá y luego el uno al otro. ¿Y si uno de ellos decía algo malo, algo que hiciera enojar al otro, algo que provocara otra pelea que acabara con Abuelita marchándose para siempre?

Abuelita y Papá se mostraron educados, hablando de cómo las obras del puente de la calle 14 estaban ralentizando el tráfico, de cómo el Tío Tom iba a tener que ponerse anteojos, de cómo casi empezaba a parecer primavera en Washington D.C.

—Ha sido una buena comida, mamá —dijo Papá, dándole un beso en la frente—. Gracias.

—De nada, mijo —dijo ella.

Papá subió las escaleras. Abuelita sonrió y lo miró irse. Luego nos miró y frunció el ceño.

—Si no tienen otra cosa que hacer que mirarme, pueden ser útiles llevando los platos sucios a la cocina. Yo voy a darme un buen y largo baño.

San Sebastián no estaba en el Capitolio el viernes. El padre Andrew estaba de retiro y se llevó a su perro. Así que el único perro que tuve que pasear fue el Senador Algo. Una vez más, me ignoró.

—¿Qué le pasa, Senador Algo? —le pregunté.

Se quedó allí de pie, esperando a que le enganchara la correa, como si yo fuera su sirviente o algo así.

—Se acabó la historia de amor —dijo John, el empleado.

John se creía muy gracioso. No lo era.

—Parece que está enojado contigo —dijo la congresista Mitchell.

—¡Enojado conmigo! —dije, sorprendida.

Me quedé pensando. ¿Por qué iba a estar enojado conmigo el Senador Algo? ¿Qué había hecho yo? Ni siquiera le había visto desde la última vez que le llevé de paseo con San Sebastián. Espera un momento. ¿Podría ser? ¿San Sebastián? ¿El Senador Algo estaba celoso de otro perro? Claro que sí. Actuaba igual que Gabby cuando pensaba que Abuelita me prestaba más atención a mí que a ella. ¡Eso era! ¡Estaba celoso de mí y de San Sebastián!

Me arrodillé a su lado.

—Eres un perro muy tonto, Senador Algo —le dije.

Se puso rígido y miró en otra dirección. Le susurré al oído.

—Sabes que eres mi perro número uno. Siempre.

Se dio la vuelta y me miró a través de un enredo de pelaje naranja.

—Siempre —dije.

El Senador Algo aulló.

—Tienes razón. Tienes razón. Intenté cazar ese pájaro con San Sebastián. Pero eso fue porque es un perro pajarero y pensé que podría ayudarme a encontrar al búho de madriguera.

Se tumbó en la alfombra y se tapó los oídos con las garras. No quería oír más.

—No, tienes razón. Tú también eres un buen perro pajarero. Descubriste aquella paloma que voló hacia el muelle de carga. Y ésa fue una pista muy importante.

Me arrodillé a su lado y le rasqué las orejas.

—Que haya trabajado en este caso con San Sebastián no significa que no te quiera. Te necesito, Senador Algo. Eres el mejor detective canino que conozco.

Ladeó la cabeza y me miró para ver si decía la verdad.

—Somos compañeros detectives, tú y yo. A ti se te da bien olfatear pistas y a mí se me da bien poner las piezas del rompecabezas. Formamos un equipo perfecto.

Puso la cabeza en mi regazo y suspiró. Estaba pesado, pero no me importó.

—San Sebastián es sólo un ayudante. Para los dos —añadí—. Tú eres mi número uno.

Meneó el rabo, golpeándolo contra la alfombra.

—¿De acuerdo, compañero?

Saltó sobre sus cuatro patas y ladró.

—Creo que te perdona —dijo la congresista Mitchell.

—Creo que tiene razón —dije—.

Perros —refunfuñó John, el empleado.

—Claudia, ¿qué pasa cuando llegas a un callejón sin salida?

Levantó la vista de los archivos de su escritorio.

—¿Qué quieres decir?

Era sábado, pero, aun así, vine al Capitolio con Papá. Él tenía que trabajar. Gabby estaba practicando el clarinete, tocando la misma estúpida canción una y otra vez. No podía pensar y necesitaba pensar en mi investigación. Me llevé el libro del caso para mirar mis notas.

Papá tenía una reunión con su Banda. Había convencido a un Senador para que volviera al grupo y le ayudara a elaborar un proyecto de ley sobre inmigración. Ahora volvía a ser la Banda de los Cinco.

Y si Papá estaba trabajando, también lo estaba Claudia, su "empleada número uno". Claudia siempre tenía que recordarle que era su Asistente Legislativa, no una empleada.

—¿Qué callejón sin salida?

—Cuando alguien no te devuelve las llamadas, ¿qué haces? —pregunté.

—Bueno, si eres congresista y un testigo se niega a venir a declarar, puedes enviar una orden judicial. Se llama citación judicial.

—Pero, ¿y si no eres miembro del Congreso?

—Hmm —dijo ella—. ¿Quieres contarme de qué va todo esto?

Me dejé caer en el sofá frente a la recepción. Le hablé de Mónica, de Chickcharney y del búho de madriguera. No le hablé de ningún mensaje secreto, pero sí del zoológico y de que no me devolvían las llamadas.

—¿Sabes cómo entregan esas citaciones? —me preguntó— Llaman a la puerta.

Cogió las llaves del coche y miró el reloj de pared.

—Es la hora de comer. ¿Quieres comer un hot-dog en el Zoológico Nacional? Y ya que estamos allí, podríamos ir a llamar a la puerta de esa casa de pájaros.

Capítulo 24

Era marzo, pero no parecía que la primavera fuera a llegar nunca a Washington. Mientras paseábamos por el zoológico, sólo vimos unas pocas familias, la mayoría de las cuales se dirigían a sus bonitos y cálidos coches. Unas cuantas señoras empujaban carriolas alrededor de las jaulas de los animales, con sus bebés abrigados con tantos suéteres y mantas que apenas se les veía la cara.

Claudia estudió el plano del zoológico y señaló.

—La pajarera está por allí.

Había vallas y andamios y obreros con cascos y chalecos amarillos sobre chaquetas abullonadas. Allí estaba el esqueleto de un edificio nuevo, pero no parecía que hubiera lugar para que trabajara un experto en aves.

—Hmm —dijo Claudia—. Preguntemos en la oficina principal.

Justo cuando nos dábamos la vuelta para irnos, una mujer con casco se dirigió hacia nosotros. Llevaba una placa sujeta al chaleco. En ella había un dibujo de un pájaro.

—Disculpe —le dije. Se detuvo y se dio la vuelta—. ¿Es usted la señora de los pájaros?

Sonrió.

—Supongo que podría decirse así. Soy conservadora adjunta de aves.

—¿Le falta un búho? ¿Una búho de madriguera?

Miró a su alrededor, como si le preocupara que alguien hubiera oído mi pregunta. Luego se puso en cuclillas a mi lado.

—No tienes pinta de periodista.

—No lo soy —dije—. Soy detective. Y estoy investigando el caso de un pájaro que podría ser el que hizo popó sobre el presidente.

—¿Cómo sabes que es un búho? —preguntó.

—Lo he visto. Se parece exactamente a un búho de madriguera. ¿Es uno de los tuyos?

—Oh, cariño —dijo ella—. Los búhos llevan meses desaparecidos.

—¿Se han escapado?

—No, nada de eso. Decidimos reorganizar nuestra exposición de aves. Los búhos de madriguera no encajaban con lo que teníamos en mente —dijo la mujer de los pájaros.

—Pero los vi en su página web —dije yo.

—Supongo que nadie la ha actualizado todavía —respondió ella—. ¿Dejaron libres a los búhos?

—No, claro que no. Les encontramos un nuevo hogar. Con el Santuario del búho de Madriguera, en el sur de California. Los búhos han vuelto a casa, seguras y felices —dijo la mujer de los pájaros.

—Oooh —dije yo, aliviada de que los pájaros del Zoológico Nacional estuvieran a salvo y felices. Pero ¿qué pasaba con el Chickcharney de Mónica? ¿Estaba a salvo? ¿Era feliz?

—Esos pequeñines se sentían como en casa aquí en el zoológico —respondió ella—. No les importó que los visitantes los miraran todo el día. Ni siquiera les molestó el tráfico de la avenida Connecticut. Claro que no. A los búhos de madriguera no les molesta en absoluto el dióxido de carbono. Siento que te hayas perdido verlos.

—Yo también —dije.

Había llegado a otro callejón sin salida. Mi brillante solución no era tan brillante después de todo. Pero si el pájaro de Mónica no procedía del zoológico, tenía que venir de algún sitio.

—¿Hay algún otro lugar en Washington donde se pueda encontrar una búho de madriguera? —pregunté.

—No, a menos que alguien haya pasado uno de contrabando por la frontera —dijo la mujer de los pájaros—. A la gente la pillan contrabandeando aves exóticas todo el tiempo. Sobre todo a traficantes de drogas, por alguna razón.

—¿En serio? —preguntó Claudia—. Puedo entender que la gente pase de contrabando loros y cacatúas de lujo, pero ¿un búho?

—Los búhos de madriguera son bastante difíciles de resistir —dijo la mujer de los pájaros—. Son monos y tienen mucha personalidad. Son el tipo de pájaro que te encantaría meter en la mochila y llevarte a casa.

Claudia y yo nos miramos. Quizá alguien había metido a Chickcharney en su mochila y se lo había llevado a Washington.

Un grupo de obreros de la construcción caminaba hacia nosotros, probablemente volvían de comer. La mujer pájaro los miró, frunció el ceño y se levantó.

—Lo siento, tengo que irme —dijo ella—. Otra reunión.

Todo el mundo en Washington tenía otra reunión.

—¿Lista para irnos, Fina? ¿O quieres ver a los pandas? —preguntó Claudia.

—Ja, ja —dije—. Claudia sabía que los pandas me parecían aburridos. Lo único que hacían era comer hojas y hacer popó.

En el viaje de vuelta al Capitolio, anoté en mi libreta todas las cosas que la señora de los pájaros había dicho sobre el contrabando de búhos. ¿Decía la verdad cuando afirmaba que todos los búhos del zoológico habían sido empaquetados y enviados a California? Si era así, ¿por qué seguía mirando a su alrededor, como si temiera que alguien la oyera hablar de los búhos? ¿Podría un traficante de drogas haber introducido de contrabando una búho de madriguera en Washington? ¿Se escapó cuando la policía detuvo al traficante? ¿Y qué era lo que había dicho la señora de los pájaros sobre el carbón?

—Una moneda por tus pensamientos —dijo Claudia—.

—No quiero una moneda —dije—.

—Quiero decir, ¿en qué estás pensando? Has estado muy callada.

—Claudia, ¿qué es el dióxido de carbono...?

—¿Dióxido de carbono? Es una sustancia química. $Co2$. Un gas de efecto invernadero. Uno de los causantes del smog.

—¿Así que procede de los coches?

—Sobre todo. Pero no de mi coche. Recuerda que es eléctrico.

Cuando volvimos a Capitol Hill, tuvimos que esperar un par de minutos antes de entrar en el aparcamiento subterráneo. Un hombre levantó una señal de "alto" mientras un gran camión entraba marcha atrás en el garaje Rayburn, con su hormigonera dando vueltas.

—Espero que terminen pronto las obras —dijo Claudia.

Finalmente, el camión desapareció y Claudia se metió en su lugar de estacionamiento. Papá no tenía coche, así que no entraba muy a menudo en el estacionamiento Rayburn. Y cuando lo hacía, siempre me perdía. Había puertas a lo largo de las paredes, pero nunca recordaba cuál iba a cada pasillo. Y estaba oscuro. Era el lugar perfecto para que pasara el rato un tipo malo.

—Un tipo malo o un búho. ¿Podría estar escondido aquí el Chickcharney de Mónica? Y si era así, ¿cómo podría encontrarlo?

—Vamos, Fina —dijo Claudia—. Tu padre se estará preguntando qué nos ha pasado. No, por aquí. Han bloqueado esa parte del garaje para las obras.

Seguí a Claudia, buscando en todos los rincones oscuros un par de ojos como lunas de limón.

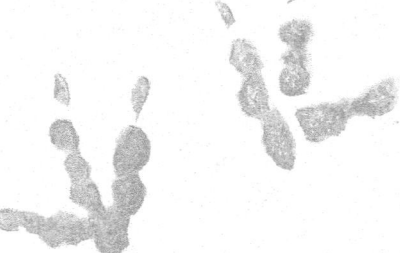

Capítulo 25

Papá seguía trabajando en su mesa cuando Claudia y yo volvimos al despacho.

Me tumbé en el sofá y hojeé mi libro de casos, repasando mis notas. Estaba bastante segura de que el pájaro había entrado en el Capitolio por el muelle de carga. Y ahora tenía una pista sobre dónde podría estar escondido.

Pero si lo encontraba, ¿entonces qué?

Abrí la laptop de Claudia e investigué cómo atrapar a un búho. Un sitio web decía que a veces se les podía engañar reproduciendo sonidos de un pájaro similar. Otros expertos decían que la comida era la mejor forma de llamar la atención de un búho.

Para atrapar realmente al pájaro, extendías una red entre las ramas de un árbol. Cuando quedaba atrapado en la red, le dejabas caer una toalla sobre la cabeza para calmarlo, y luego lo agarrabas cuidadosamente con las manos enguantadas.

Sonaba aterrador. Y todos los sitios web decían que dejara la captura de búhos a los expertos. Los búhos tenían picos fuertes y garras afiladas. No querías meterte con animales salvajes. En internet decían que el Departamento de Control y Cuidado de los Animales era el lugar al que había que llamar si encontrabas un animal salvaje en apuros. Anoté su número. Aún no tenía celular propio. Tendría que pedir uno prestado por si veía al búho.

Pero ¿y si el Servicio de Protección y Control de Animales no llegaba a tiempo? ¿Y si dependía de mí?

Papá asomó la cabeza por la puerta.

—Envuelto de pavo y té helado, por favor —Papá dijo que fuera al Para Llevar del Capitolio—. La comida de las máquinas expendedoras lleva allí probablemente desde que Bush era presidente.

—¿No tendré problemas por entrar en el Capitolio? —pregunté.

—No, si vas directamente allí y vuelves directamente —dijo.

Mónica también trabajaba el sábado. Y no llevaba peluca. Intentó sonreír cuando me vio, pero no le llegó a los ojos. De hecho, tenía los ojos enrojecidos.

No hacía falta ser detective para darse cuenta de que Mónica había estado llorando.

—¿Qué te pasa, Mónica? —le pregunté—. ¿Has vuelto a ver a ese pájaro?

—No —dijo—. No es el pájaro. Es mi último día de trabajo en el Para Llevar.

—¿Te van a trasladar a la tienda de yogur helado del edificio Hart? —Me encantaba el millón de ingredientes que podías ponerle al yogur helado del bar del Senado.

—No —dijo—. Me corrieron. Me han despedido.

—¡Despedida! ¿Por qué?

—Mi jefe, el Sr. Banks, descubrió que dejaba comida para Chickcharney. Dijo que atraía insectos y roedores.

Pero Mónica no era la única que dejaba restos de comida fuera. Siempre había migajas de donuts en la alfombra de la sala de reuniones del Caucus Demócrata. Y se podía ver un rastro de Fritos en el pasillo, cerca de donde los republicanos tenían su almuerzo semanal. ¿Por qué culpar a Mónica?

—No es justo —dije, dándole a Mónica una pila de servilletas de papel para que se limpiara los ojos.

—Estábamos tan cerca de tener dinero suficiente para abrir nuestro restaurante. Ahora...

—Es culpa mía, Mónica. Fui yo quien asustó a Chickcharney. Si hubieras podido hablar con él, escuchar su mensaje...

—No es culpa tuya, querida. Chickcharney hace lo que Chickcharney quiere hacer. No te preocupes por mí. Encontraré otro trabajo. Y algún día, no sé cuándo, pero algún día, tú y tu Papá vendrán a nuestro pequeño restaurante y les serviré gandules y arroz.

Intentó sonreír. Yo intenté devolverle la sonrisa. Recogí el envoltorio de pavo de Papá y la lata de té y me volví hacia la puerta por última vez. Todo el cuerpo de Mónica parecía decaer de tristeza.

Debía de haber algo que pudiera hacer.

Cuando Papá y yo llegamos a casa aquella noche desde el Capitolio, pasaba algo raro. Gabby estaba sentada a la mesa del comedor. ¡Con Abuelita! Estaban leyendo un gran trozo de papel, las instrucciones para un proyecto de costura. Gabby y Abuelita estaban cosiendo. Juntas.

—Así que ahora coso la pieza delantera a la pieza trasera por los hombros, ¿verdad? —preguntó Gabby.

—Así es, mija. Y luego coses los lados juntos.

Papá sonrió y me guiñó un ojo.

—¿Qué hacen dos de mis chicas favoritas? ¿Planeando la revolución?

—Ja, ja, —dijo Gabby—. Ya que no me subes mi mesada para que pueda comprar ropa decente, Abuelita me está enseñando a hacerme la mía. En vez de reciclar mis cosas viejas.

Abuelita había hecho mi vestido de Primera Comunión y todos nuestros disfraces de Halloween. Verla en la máquina de coser me resultaba familiar. Lo raro era que Abuelita enseñara a coser a Gabby. Y ninguna de las dos gritaba.

—Mira esto, Fina —dijo Gabby levantando unos trozos recortados de tela negra brillante. No parecía gran cosa.

—¿Qué es? —pregunté.

—Un vestido. Claro.

—¿Por qué negro? —pregunté—. ¿Por qué no algo rosa o morado con flores?

Gabby hizo una mueca.

—No es exactamente el estilo de tu hermana —dijo Abuelita.

—Vamos, Fina-Finay —dijo Papá—. Vamos a ver si queda pudin de chocolate en el refri.

Cuando Abuelita entró para darme las buenas noches, le pregunté por el proyecto de costura con Gabby.

—¿Cómo supiste qué tipo de vestido le gustaría a Gabby? —pregunté.

—Investigué —dijo señalando su teléfono—. Instapost.

Levantó la pantalla. Casi todos los vestidos que Gabby había publicado en Instagram eran brillantes y negros.

—Serías una buena detective, Abuelita —dije.

Abuelita se rio.

—¿De dónde crees que lo sacas?

Capítulo 26

Había llegado el momento de actuar. Tenía que encontrar a ese pájaro.

El domingo por la tarde, empecé a recoger todo lo que necesitaba. No tenía red, pero siempre guardábamos las bolsas de cuerda que contenían las mandarinas. Gabby las había cortado para mí y había cosido tres de ellas. Ni siquiera hizo preguntas.

—¿No quieres saber para qué lo necesito? —pregunté.

—Me da igual —dijo Gabby.

Puse la red naranja en mi mochila y añadí un par de guantes de Papá y el paño de cocina con una quemadura en la esquina.

Tomé una bolsita de plástico para mi carnada: un ratón muerto. Sabía que había muchos ratones en el Capitolio. Y que todas las noches los conserjes ponían trampas de cinta adhesiva amarilla en casi todos los despachos. Mi conserje favorito, Carl, dijo que me guardaría un ratón muerto. Me sentí mal por el ratón, pero peor me sentí por Mónica.

También tomé prestado un carrete de hilo grueso del costurero de Abuelita. Sabía que los búhos eran el tipo de pájaros a los que les gustaba cazar su propia cena. Había visto a los de la cámara del búho común engullir los grillos que se arrastraban por las paredes de concreto de su madriguera. Necesitaba aquel ratón muerto para bailar un poco.

No teníamos jaula para animales, pero pensé que una funda de almohada sería un buen lugar para guardar un búho pequeño. También metí en la maleta el juguete chillón favorito del Senador Algo. Necesitaría una recompensa por ayudarme a atrapar al pájaro.

Pensé en llevar a los dos perros. Pero no estaba segura de poder confiar en que San Sebastián se comportara. Dependía del Senador Algo y de mí.

El lunes, después de la escuela, tomé prestado el teléfono familiar del portafolios de papá, para poder llamar a control de animales cuando encontrara al pájaro. Luego pasé por el despacho de la congresista Mitchell para recoger a mi compañero.

—¿Preparado, Senador Algo? —le susurré al oído mientras le enganchaba la correa.

Ladró. Quería ayudar. Mónica también le caía bien. O quizá sólo le gustaba su olor a hamburguesa. Pero estaba listo para la acción. Los dos estábamos listos para enfrentarnos a Chickcharney.

No tenía pruebas de que el pájaro se escondiera en el estacionamiento. Pero sin duda era un lugar con dióxido de carbono. No se me permitía entrar en el Capitolio, pero nadie dijo nada del estacionamiento.

El Senador Algo se detuvo ante la entrada de la calle C. No estaba seguro de querer entrar. El año pasado, John, el empleado, había conducido demasiado deprisa al salir del garaje y había atropellado al Senador Algo, rompiéndole una pierna.

—No pasa nada, Senador Algo —le dije—. Nos mantendremos alejados de los coches.

Enseñé mi pase familiar al policía del Capitolio que estaba en la entrada. Asintió. Entramos y pasamos por delante de una fila tras otra de coches aparcados y de un montón de bicicletas atadas a los aparcabicis. El Senador Algo husmeó entre unos conos naranjas de construcción y un charco de aceite en el suelo de concreto. Nada. Recorrimos las paredes de un lado a otro del garaje. Seguíamos sin encontrar nada.

—¿Dónde te esconderías si fueras un búho? —le pregunté al Senador Algo.

Lo pensó un momento y me acercó a una zona bloqueada por paredes de madera contrachapada y el tipo de cinta amarilla que se ve en las escenas del crimen de la televisión.

—No, Senador Algo. Ésa es la zona de obras.

No le importó. Cuando el Senador Algo decidía algo, tenías que seguirle la corriente. Era testarudo. También solía tener razón.

Los obreros no debían empezar a trabajar hasta las cinco de la tarde, cuando la mayoría de la gente del Capitolio se iba a casa. Me sorprendí cuando una puerta metálica gigante se levantó y un hombre condujo una carretilla elevadora hasta la zona de obras. No cerró la puerta.

El Senador Algo tiró de la correa.

—No. Se supone que no debemos estar ahí dentro —le dije.

Me miró, como diciendo: "¿Quieres encontrar al pájaro o no?".

—De acuerdo, de acuerdo. Pero tenga cuidado. Y no hagas ruido. A diferencia de San Sebastián, sabía que este perro en particular podía seguir instrucciones.

Nos asomamos al interior de la zona en obras. Parte del suelo de concreto del estacionamiento estaba destrozado y había vallas de malla naranja alrededor de algunas de las columnas de soporte.

—Sigo pensando que no es seguro, Senador Algo.

Se detuvo. Olfateó. Sus orejas caídas se movieron arriba y abajo como un caballo en un tiovivo.

—¿Oyes algo? —Los dos nos detuvimos, escuchando.

Escuchamos un chillido.

Miré al Senador Algo. Asintió con la cabeza. Era Chickcharney, el búho de madriguera.

Había un casco amarillo apoyado en el asa de una carretilla cerca de la puerta enrollable. Me lo puse. Casi me tapaba los ojos. Casi. Intenté encontrar uno para el Senador Algo, pero supuse que él no se lo pondría. Los dos empezamos a buscar pistas. Nada. Nada.

Por fin, allí, cerca de una pila de trozos de concreto rotos del doble de alto que yo, vi unas bolitas negras del tamaño de unas gomitas. Popó de pájaro. Miré hacia arriba, hacia abajo, a mi alrededor. Y entonces los vi, ocultos entre los escombros de concreto: un par de ojos de luna de limón.

Capítulo 27

—¡Es él, Senador Algo! —susurré—. Es Chickcharney, el Búho de Madriguera.

Me temblaba la mano al sacar el móvil de la mochila. Marqué el número de control de animales. No pasó nada. El teléfono estaba muerto. Lo miré. Probablemente Papá se olvidó de cargarlo anoche. No tenía teléfono ni forma de llamar a los profesionales. No quería que el pájaro volviera a escaparse. Si quería atraparlo, tenía que hacerlo yo misma.

Primero, tenía que distraer al pájaro.

Me agaché y susurré al oído del Senador Algo.

—Ahora necesito que te quedes aquí y mires fijamente a ese pájaro. No ladres. No hagas ningún ruido. Sólo hazle saber que puedes verle y que él puede verte. ¿Puede hacerlo, Senador Algo?

Asintió. Parecía muy orgulloso de sí mismo. Como si estuviera deseando decirle a San Sebastián que era el mejor perro pajarero.

Le di una palmadita en la cabeza y desempaqué mis herramientas. Me puse los guantes y volví a meter la mano en la mochila. Saqué la red para mandarinas. Me eché el paño de cocina sobre un hombro y la funda de almohada sobre el otro.

Mi amigo el conserje Carl había puesto un ratón muerto en la bolsa de plástico para sándwiches. Palpé el bulto dentro de la bolsa e intenté no pensar en ello.

—Lo siento, amiguito —susurré.

Encontré el carrete de hilo en el fondo de la mochila, rompí un trozo y até el hilo alrededor del ratoncito. Me costó hacer un nudo con guantes en las manos, pero al final lo conseguí. Tiré del hilo unas cuantas veces. El ratón dio un brinco. Fue entonces cuando el Senador Algo empezó a mover la cola.

—No, Senador Algo. Esto no es un juego para ti. Esto es un trabajo serio de detective.

Respiré hondo. Estaba preparada.

Podía sentir los ojos del pájaro observándome. Tomé al ratón por la cola y lo arrojé unos metros delante de la cueva de concreto. Empecé a tirar del hilo. El ratón dio un brinco. Pude ver cómo el pájaro giraba la cabeza casi por completo, me miraba a mí, miraba al Senador Algo y luego miraba al ratón. Era como si estuviera decidiendo si sería capaz de almorzar y escapar antes de que una niña o un gran perro naranja pudieran atraparlo. Vaciló. Hubo un batir de alas y un destello de patas largas. Pude ver las afiladas garras. El búho salió volando de su escondite de concreto, agarró al ratón y echó a volar.

Se detuvo en el aire, batiendo las alas una y otra vez. Había enrollado el otro extremo del hilo alrededor de mi guante. El búho tiró del hilo con fuerza. Parecía que estaba volando una cometa. El búho estaba frustrado, pero se negaba a soltar su almuerzo.

Sólo tenía una oportunidad. Lancé la red de mandarinas al búho. Aterrizó justo sobre su cabeza y sus alas. Eso enfureció al pájaro. Sacudió el cuerpo para quitársela de encima, pero la red resbaló por su espalda y quedó atrapada en sus garras. Bajó aleteando hasta el suelo de concreto e intentó arrancar la red con el pico. Aquel pico parecía muy afilado. Deseé poder llamar a los de control de animales. Ya era demasiado tarde.

Me quité la toalla del hombro y la dejé caer suavemente sobre el pájaro. No estaba contento.

El búho chillaba fuerte.

Volví a respirar. Tenía que meter al búho en la funda de almohada sin hacer daño a ninguno de los dos. Pero, ¿cómo podía agarrar al búho y abrir la funda de almohada al mismo tiempo? Ni siquiera el Senador Algo podría ayudarme.

Fue entonces cuando vi el gran cubo rojo vacío junto a una caja de herramientas. Lo oagarré, le di la vuelta rápidamente y lo dejé caer justo encima del pájaro.

Gritó el búho.

—¡Lo tenemos, Senador Algo!

Él ladró.

Y entonces nos ladró una voz humana.

—Eh, ¿qué están haciendo ahí?

Pensé que era la mujer policía del Capitolio. No era ella. Era una señora con casco y chaleco verde lima.

—¡Shh! —le dije a la trabajadora de la construcción.

La mujer se acercó con sus pesadas botas de trabajo. Puso las manos en las caderas, mirándome a mí, Senador Algo, y el cubo boca abajo.

—Esto es una zona de obras —dijo la mujer con casco y chaleco verde lima.

—Llevo casco —le dije.

—Pero tu perro no.

El búho gritó de nuevo.

—¿Qué demonios es eso? —preguntó la trabajadora.

—Es Chickcharney. El pájaro que hizo popó en el presidente —le expliqué.

—¿Has atrapado al águila? —preguntó la mujer.

—No es un águila. Es un búho. Un búho de madriguera. Y está un poco asustado.

La trabajadora desenganchó el walkie-talkie de su cinturón y dijo: "Bert, tenemos un problema en G-1".

Fue entonces cuando me di cuenta de que no había tenido ocasión de hablar con el pájaro, de preguntarle si tenía algún mensaje para Mónica. O para mí.

Había muchas llamadas de walkie-talkie. Eran más de las cinco y la mitad del equipo de construcción se acercó a ver qué pasaba. Luego apareció la policía del Capitolio. Por último, alguien llamó a la gente de control de animales.

El pájaro estaba muy callado. Sabía que tenía miedo de todo el ruido y de toda la gente, e incluso de mí y del gran perro naranja. Por fin llegó un hombre de control de animales con una gran jaula para pájaros. Llevaba gafas protectoras y guantes gruesos.

—Muy bien, todo el mundo, —dijo—. Atrás. Atrás.

Todos retrocedimos y observamos. El hombre sacó una red mucho más grande y la extendió sobre sí mismo y el cubo.

Se agachó, metió suavemente la mano por debajo y agarró las largas patas del búho. Sacó al pajarillo y lo colocó con cuidado dentro de la jaula.

Me incliné y me quedé mirando al pájaro. Estaba en lo cierto. No era un mítico Chickcharney con manos aterradoras y cola de lagarto. Era un pequeño búho con plumas moteadas y ojos de luna de limón. Un búho de madriguera.

—Así es, amiguito —dijo el hombre—. Vas a estar muy bien.

El pájaro no parecía pensar lo mismo. Parecía asustado con toda aquella gente a su alrededor.

—Pobre pajarito —dije—. El búho me miró, con aquellos ojos dorados intentando comprenderme. Sonreí—. No te preocupes, pequeño búho. Te encontraremos una madriguera segura. Y entonces susurré—: ¿Hay algo que quieras decirme?

Pero el pájaro guardó silencio. El rescatador de animales tapó la jaula y se llevó con cuidado al búho a su camioneta. Le seguí, con la esperanza de que tal vez, sólo tal vez, el pájaro me transmitiera su mensaje. El hombre puso la jaula en un pequeño armario en el lateral de su camión y cerró la puerta. Eso fue todo.

—¿Podría llamarme para decirme cómo está? —le pregunté.

El hombre asintió. El camión se alejó. La mujer de la construcción me gruñó que me mantuviera fuera de la zona de obras. Asentí con la cabeza. ¿Por qué iba a volver? Chickcharney, el búho de madriguera, se había ido. Ni siquiera había oído su mensaje.

El Senador Algo y yo volvimos andando al parque de enfrente. Se había acabado. El Senador Algo parecía triste. Se puso un poco menos triste cuando saqué su juguete chillón favorito.

—Tu recompensa por ser tan buen detective —le dije.

Aún tenía preguntas. ¿De dónde había salido el Búho Madriguera? ¿Cómo acabó en el Capitolio? ¿Tenía razón en que el búho voló por el túnel del Capitolio para llegar al estacionamiento de Rayburn? Si es así, ¿cómo llegó a la zona de obras?

Al menos la señora de la construcción respondió a la última.

—A menos que este pájaro haya descubierto la forma de girar la manija de una puerta —dijo—, sospecho que ha llegado aquí a través de uno de los conductos de escape. Pobre pájaro. Lo único que quería era un lugar tranquilo donde pasar el rato, lejos de la gente, y entonces aparecemos todos nosotros con nuestros martillos neumáticos.

Nunca llegamos a saber de dónde venía aquel pájaro. ¿Alguien lo había pasado de contrabando por la frontera en su maleta? ¿Se lo había metido en el bolsillo? ¿Había algún traficante de drogas buscando a su búho? ¿Y por qué traerlo a Washington? ¿O era realmente un Chickcharney mágico, venido de la isla de Andros de Mónica para entregar un mensaje? Un mensaje que ninguno de los dos escucharía.

El Washington Post publicó un artículo sobre el pájaro. El hombre que suele escribir sobre ardillas escribió sobre el búho de madriguera, contando la historia del pájaro que hizo popó sobre el presidente, su captura por un agente de control de animales, cómo estaba muy lejos de casa, e invitando a cualquiera que tuviera pistas sobre su procedencia a que se presentara. Nadie lo hizo. Me sentí un poco triste y un poco feliz de que el artículo no me mencionara. Recordé lo enojado que se puso Papá cuando Abuelita apareció en las noticias. Me alegré de no haberle hablado a Papá de mi investigación. Ni del mensaje que esperaba recibir de mamá.

Llamé a Mónica y le dije que había encontrado a su Chickcharney, pero que no tenía ningún mensaje.

—Eso no es cierto, Fina —me dijo—. Los mensajes llegan de formas misteriosas. Espera y verás.

Le dije que esperaría. Pero por dentro no tenía muchas esperanzas.

La buena noticia era que el búho por fin volvía a casa. El pájaro iba a volar en avión hasta California, donde podría vivir con otros búhos de madriguera en el santuario del zoológico de San Diego. Me gustó la idea de que un pájaro de California hubiera venido a D.C. igual que yo. Pero a diferencia de mí, él iba a volver a California.

Antes de que lo llevaran al aeropuerto, Claudia me trajo para despedirse. El búho iba a volar en la bodega de carga. Parecía asustado y solitario en su jaula. Sus cejas blancas sobre aquellos ojos amarillos parecían moverse arriba y abajo como diciendo: "¿Qué va a pasar ahora?".

Me incliné más hacia la jaula.

—No pasa nada —le dije—. Ahora estás a salvo.

Miré a mi alrededor. Claudia estaba hablando con la gente de rescate.

—Es nuestra última oportunidad, Chickcharney. ¿Tienes algún mensaje para Mónica? ¿O para mí? —susurré.

Se limitó a parpadear. Y volvió a parpadear. Suspiré. Quizá no fuera un Chickcharney, después de todo. A lo mejor sólo era un pájaro.

—No te preocupes, amiguito —le dije—. Te vas a casa. A casa, a California. Salúdala de mi parte, ¿quieres?

El búho gritó una última vez.

Capítulo 28

El jueves por la noche fue la recaudación de fondos de Papá. Abuelita me hizo ponerme otra vez aquel vestido rasposo, el que me hizo llevar la noche del discurso sobre el Estado de la Unión. Esta vez, sin embargo, no iba con nosotros.

—Me quedaré en casa —me dijo—. El trabajo de tu Papá esta noche es recaudar todo el dinero posible. No quiero ser una distracción.

Abuelita era un poco famosa. Los periodistas no dejaban de llamar para hablar con la manifestante, que era la madre del congresista que trabajaba en el proyecto de ley de inmigración. Abuelita seguía diciéndoles: "Sin comentarios".

Papá y Abuelita habían llegado a un acuerdo: ella podía ir a todas las reuniones o protestas que quisiera. Podía escribir cartas o incluso salir en la tele si quería. Sólo tenía que dejar claro que hablaba por sí misma y no por su hijo, el congresista Arturo Mendoza. Creo que Papá y Abuelita incluso se dieron la mano al respecto. Esta noche, Abuelita se quedaba en casa. Sólo estábamos Gabby, Papá y yo.

—¿Tengo que pedir dinero a la gente? —le pregunté a Gabby mientras me apretaba los zapatos.

—Ese es el trabajo de Papá —dijo ella—. Nuestro trabajo es sonreír y comer tacos.

Gabby llevaba el vestido negro y plateado que había hecho con Abuelita. Le quedaba bastante bien si no te fijabas demasiado en la parte de abajo, donde no era del todo uniforme. A Gabby no le importaba. Le daba ilusión lucir su vestido nuevo. Aunque no enseñara su ombligo, que ya no estaba perforado.

Papá nos acompañó hasta el feo edificio marrón del Comité Demócrata de Campaña del Congreso, prácticamente a la vuelta de la esquina de la oficina de papá. Dijo que estaba cerca del Capitolio y de los edificios de oficinas de la Cámara de Representantes, de modo que los legisladores podían acercarse durante la pausa del almuerzo para hacer llamadas pidiendo dinero en una de las pequeñas salas destinadas a la recaudación de fondos. No te dejaban hacer esas llamadas desde tu despacho del Congreso. Iba contra las normas utilizar un teléfono del gobierno o una oficina del gobierno para ayudarte a presentarte a la reelección. Esta noche entramos en la gran Sala Wasserman. Las luces de colores de las esquinas hacían destellar rosas y amarillos sobre la multitud y filas y filas de banderas de papel llamadas papel picado ondeaban desde el techo. Parecía una de las fiestas de cumpleaños de mi primo. Salvo que no había castillo inflable y Gabby y yo éramos los únicos niños de la sala.

La gente se amontonaba alrededor de mesas altas y redondas con bebidas en la mano. Debían de estar tomándose su segunda o tercera copa, porque se reían muy alto. Más alto incluso que las trompetas del grupo de mariachis que tocaba en el pequeño escenario.

—¡Ahí estás! —dijo Claudia.

Era Claudia. Llevaba un vestido azul brillante e incluso tacones altos, en lugar de los habituales zapatos planos de caja que llevaba a la oficina. Hasta Papá se dio cuenta. Sonrió.

—Toma —dijo Claudia, tendiéndonos a Gabby y a mí una bebida rosa en cada mano.

La probé. Sólo era ponche. Le dio una botella de agua a Papá.

—¿Listo, congresista? —preguntó.

Papá se palmeó el bolsillo donde había puesto las notas de su discurso.

—Hasta luego, chicas. Ve a comer algo —dijo.

Había una mesa de curry, otra de barbacoa coreana y otra con bolsitas de pita llenas de rellenos picantes. Gabby señaló el cartel que había detrás de la mesa de poke bowl.

—Fíjate —dijo Gabby—. ¡Mi camión de comida favorito de Los Ángeles! Poke Doke.

—Todo es comida de food trucks —dijo Claudia—. Fue idea de tu padre. Como en Los Ángeles están los mejores food trucks de América, pensó que la gente de D.C. se merecía la oportunidad de probarlos. A cambio de un donativo para su campaña de reelección, claro.

—¿Pero dónde están sus camiones? —pregunté.

Claudia sonrió.

—Tardarían demasiado en atravesar el país, así que enviamos por avión a los cocineros y todos sus ingredientes secretos para que cocinaran para tu Papá aquí esta noche. Y para ti. Anda, búscate algo de cenar. Voy a revisar la instalación del micrófono.

Y se fue.

—Yo sé adónde voy —dijo Gabby mientras se dirigía a por un bol de poke.

No me gustaba el pescado crudo. Pero me gustaba casi todo lo demás. Lo olí profundamente. Incluso olía un poco a California, donde podías comer comida de todo el mundo sin subirte a un avión. Pero, ¿qué debía comer?

Una mesa de comida estaba realmente abarrotada. Una mujer estaba tomando cucharadas enormes de arroz amarillo y gandules verdes con sabor a nuez. Era Mónica.

Me apresuré a acercarme a la mesa Sabor a Caribe. Esperé hasta que la hambrienta multitud se alejó con su comida.

—¡Mónica!

Esta noche llevaba una peluca negra rizada con un pañuelo azul brillante y dorado, los mismos colores que la bandera que había en la pared detrás de ella, la bandera de su país isleño.

—¡Fina! —rodeó la mesa y me dio un abrazo gigante.

—¡Estás aquí! —le dije.

—Gracias a tu Papá, por invitarme a venir esta noche a cocinar para su fiesta.

Miré a Papá al otro lado de la habitación. Estaba estrechando la mano a media docena de personas. Pero entonces, como si supiera que estábamos hablando de él, levantó la vista. Señalé la mesa Sabor del Caribe y a Mónica. Sonrió, haciéndome un gesto con el pulgar hacia arriba.

Mónica se rio. —¿Y adivina qué? —sacó del delantal un puñado de tarjetas de negocios. Todo el mundo en

Washington tenía una tarjeta de negocios. Parecía que Mónica había recogido una de todos los asistentes a la fiesta.

—A toda esta gente le encanta mi comida. Quieren que cocine para sus fiestas.

—Claro que quieren, Mónica —dije—. Eres la mejor cocinera del Capitolio.

—¡Shh! —dijo ella—. ¡Que no te oigan los de la comida de California! Se pondrán celosos.

—¿Estás bien, Mónica? ¿Realmente bien?

—Estoy bien, Fina. Ahora tengo tiempo para cocinar la comida que me gusta y la gente me paga por cocinarla.

—Pero nunca llegaste a escuchar tu mensaje de Chickcharney.

—Claro que sí, Fina. Es tan claro como si el pájaro me lo hubiera susurrado al oído. En lugar de un restaurante, mi marido y yo compraremos un camión de comida. Es mucho más barato que el alquiler y podemos llevarlo a casa de la gente para cocinar en sus bodas y fiestas. ¿Qué te parece?

—Me parece estupendo. Y sé el nombre perfecto para tu camión de comida —dije.

—¡Chickcharney! —dijimos al mismo tiempo y nos echamos a reír.

—Supongo que Chickcharney te dio la bendición después de todo —dije.

—No sólo a mí, Fina. Abre los ojos y mira también tus bendiciones.

Miré alrededor de la habitación. Mi Papá le estaba dando la mano a un actor de una película de superhéroes. Papá era el auténtico superhéroe. En vez de luchar contra supervillanos, luchaba por arreglar la inmigración escribiendo un proyecto de ley. En un rincón, Gabby daba vueltas y enseñaba su vestido nuevo a Claudia. Gabby podía ser la persona más malhumorada del planeta Tierra. Pero el resto del tiempo, me alegraba que fuera mi hermana.

Luego estaba la bendición de Abuelita, que nos esperaba cuando llegábamos a casa. Y era un hogar, no sólo una casa alquilada en la calle A SE. Abuelita dejó todo lo que había conocido y amado en Los Ángeles para trasladarse aquí y cuidarnos en nuestro hogar de Washington.

Mónica tenía razón. Tenía muchas bendiciones. No necesitaba que Chickcharney me las trajera. Ya estaban aquí. Ése era mi mensaje de Mamá.

Cuando llegamos a casa aquella noche, me quité los zapatos pinchados y el vestido rasposo, y me senté en la cama en pijama. No tenía nada de sueño. Ya había terminado la tarea, incluida toda la hoja de matemáticas. Ahora que entendía la fórmula sobre el tratamiento diferente de numeradores y denominadores, no me llevó toda la noche terminarla.

Saqué mi cuaderno de casos y escribí todo lo que había sucedido, sobre el hallazgo del búho de madriguera en el garaje de Rayburn y sobre cómo me despedí de él antes de que lo llevaran en avión de vuelta a California. Escribí sobre cómo el pájaro actuó como un Chickcharney para Mónica, trayéndole inspiración sobre un camión de comida.

Quizá este pájaro, que llegó a Washington desde otro lugar, transmitió un mensaje al Congreso haciendo popó sobre el presidente. Un mensaje sobre el arreglo de la inmigración.

Pensé en todas las protestas y oraciones del grupo de Abuelita y en todas las reuniones a las que había asistido Papá con su Banda de los Ocho. Volvía a ser una Banda de los Ocho. Las personas que abandonaron el grupo decidieron que era mejor discutir sobre algo entre ellos que dejar que otras personas discutieran sin ellos. Seguían sin ponerse de acuerdo, pero al menos hablaban entre ellos.

Pensé en cómo Gabby y Abuelita seguían ladrándose la una a la otra. Pero no tan a menudo. Y nunca cuando la máquina de coser estaba sobre la mesa del comedor.

Pensé en el Senador Algo y en San Sebastián. Le pediría al padre Andrew que rezara algunas oraciones por ellos dos. Seguían comportándose como demócratas y republicanos, haciéndose gruñidos el uno al otro, intentando demostrar quién era el mejor perro.

Lo puse todo en mi libro de casos. Luego lo cerré y até el trozo de cuerda alrededor. El caso de Chickcharney estaba cerrado. El misterio del pájaro que hizo popó sobre el presidente estaba resuelto. Estaba lista para mi siguiente investigación.

Eso fue el jueves. El viernes, Abuelita sonreía cuando Papá y yo entramos por la puerta principal. De hecho, tarareaba la canción "I Just Want to Celebrate" de Pitbull. Empecé a subir a dejar la mochila y a quitarme el uniforme de la escuela.

"Josefina", me dijo. Sólo utilizaba mi nombre completo cuando me metía en líos. Me detuve en la quinta escalera y contuve la respiración.

"Tienes correo", dijo con voz cantarina.

Yo nunca tenía correo. Salvo en mi cumpleaños, cuando las tías enviaban tarjetas y a veces metían dentro un billete de veinte dólares. No era mi cumpleaños.

Abuelita me agitó un sobre blanco. ¿Qué podía ser? Lo presentó como si fuera una zapatilla de cristal sobre una almohada. Mi nombre estaba escrito a máquina en la parte delantera. Miré para ver quién lo enviaba, pero no había ningún nombre en la esquina superior izquierda. En su lugar ponía "La Casa Blanca, Washington, D.C.".

Abrí el sobre con cuidado. Dentro había un papel.

Estimada señorita Mendoza,

Gracias por sus incansables esfuerzos en la investigación del BirdGate. Ha tenido éxito donde el Servicio Secreto, la policía del Capitolio y otras numerosas agencias no lo han conseguido.

Comprendo que haya encontrado resistencia a sus esfuerzos por localizar a este pájaro. Lo lamento.

Era una carta larga.

Como soy Comandante en Jefe, he dado instrucciones a varias agencias policiales del gobierno federal para que te permitan continuar tu importante labor. Por favor, considera esta carta como tu permiso oficial del presidente para continuar tus investigaciones dondequiera que te lleven en la propiedad federal.

Confío en que no abusarás de este privilegio, sino que utilizarás tu talento para ayudar a las agencias federales siempre que pueda.

Confío en que no abusarás de este privilegio, sino que utilizarás tu talento para ayudar a las agencias federales siempre que pueda.

¡Estaba firmado por el presidente! Toqué la firma para asegurarme de que no estaba impresa en el papel. Era real. Podía sentir la marca del bolígrafo del presidente en la página.
—¿Qué significa, Papá? —pregunté mientras le entregaba la carta.
Papá la leyó dos veces y se la dio a Abuelita, que a su vez se la dio a Gabby. Papá y Abuelita se miraron y negaron con la cabeza.
Significa —dijo Gabby—, que ya eres oficialmente "Fina Mendoza, Chica Detective".

¿Te ha gustado el libro?

Por favor, escribe una reseña.

A los autores les encanta saber de sus lectores.

Por favor, hazle saber a Kitty lo que piensas de
Estado de la Unión
dejando una breve reseña en Amazon o en la página web
de tu librería en línea favorita.

Ayudará a otros padres y niños a descubrir a Fina Mendoza.

(Si tienes menos de 13 años, pide a un adulto que te ayude)

¡Muchas gracias!

¿Quieres más de Fina Mendoza?

¡Hay material educativo adicional disponible GRATIS!
(in English)

- Podcast basado en los libros y en eventos actuales.
- Blog ***Hechos detrás de la Ficción*** con el contexto histórico tanto de los libros como del podcast.
- Guía de Maestros para Estado de la Union de 56 páginas descargable que incluye arte del lenguaje, matemáticas, estudios sociales, y lecciones de aprendizaje socio-emocional.
- Perfecto para el salón de clases o para educación en casa.

Ve a www.chesapeakepress.org o utiliza este código QR...

¡Escucha el podcast! (in English)

LOS MISTERIOS DE FINA MENDOZA

Temporada Uno: El Misterio del Gato Demonio de Capitol Hill (8 episodios + extras)

Temporada Dos: El Misterio de Chickcharney, el Ave con Cola de Lagarto (18 episodios + extras)

Episodios Especiales: *6 de Enero: Perder es Democrático · ¡Dejen votar a los niños! · ¡El Diario del Coronavirus de Fina*

Más las historias de los personajes y de los actores que les dan voz!

Disponible GRATIS en Apple Podcasts, Spotify, Soundcloud o dondequiera que escuches podcasts.

Suscríbete al boletín *Hechos detrás de la Ficción* en Fina Mendoza en nuestro sitio web: www.chesapeakepress.org

Agradecimientos

Como siempre, muchas gracias a mis amigos y antiguos colegas del Capitolio, como Andy Elias, de la Galería de Radio/TV de la Cámara de Representantes, y Michael Lawrence, de la Galería de Radio/TV del Senado, Karen Bronson, de la Oficina del Capellán de la Cámara de Representantes, Laura Condeluci, de la Oficina del Arquitecto del Capitolio (que me recuerda que la ADC no tiene conserjes, sino "puestos de custodia").

Gracias también a los miembros de mi grupo de crítica SCBWI, Jennifer Pitts, Bohdan Porendowsky y Debra Schmidt, mis seis ojos extra en este proyecto. Y gracias a Gail Eichenthal, Ronda Fox, Elizabeth Logun y Anne Thompson, mi grupo de escribas que apoyan a Fina en todo momento.

Muchas, muchas gracias al reparto y al equipo del podcast The Fina Mendoza Mysteries, que dieron vida a estos personajes: Amy Solano, Monica Vigil, Steve DeVorkin, Raul Garza, Steven Cuevas, Christine Avila, Susan Valot, Linda Graves, India Sherwood, Myca Sherwood, William Beemer, Eddie Pike, Leo Schodorf, Isla Schodorf, Wenzel Jones, Laura Stegman, Elizabeth Logun, Paul Cummings, Melanie MacQueen, Steve Gamber, Rosalie Fox, Brian Bland, Mat Kaplan, Hunter Felde y Hannah Matzecki.

Gracias a la Fina original, que resuelve los misterios de los niños de primer curso con mano firme y un gran corazón.

Y gracias a mi fan número uno y al mejor escritor de la casa: Tad Daley.

Sobre la autora

Kitty Felde es una radio periodista, escritora, presentadora de podcast, y oradora pública premiada. Ella cubrió Capitol Hill durante cerca de una década, explicándole a los adultos cómo funciona el gobierno. Ahora, se lo explica a los niños en una serie de novelas y podcasts de misterio llamada **Los Misterios de Fina Mendoza** (The Fina Mendoza Mysteries).

Kitty ha sido nombrada como la Radio Periodista del Año de LA tres veces por el Club de Prensa de LA (LA Press Club) y la Sociedad de Periodistas Profesionales (Society of Professional Journalists). Sus múltiples obras de teatro se interpretan a nivel mundial. Kitty ha desarrollado el admirable superpoder de comunicarse con los niños, lo cual fue el tema de su TEDx Talk.

Ella es la anfitriona del podcast premiado **Club de Lectura para Niños** (Book Club for Kids), el cual tiene más de 1.3.millones de descargas, y que fue nombrado como uno de los mejores 10 podcasts para niños en el mundo por el periódico *The Times* of London. Organiza visitas virtuales y presenciales de manera regular en bibliotecas y escuelas para hablar de temas que abarcan desde civismo y escritura, hasta podcasts y juicios de crímenes de guerra.

Encuentra a Kitty en www.kittyfelde.com y @kittyfelde.

¡Este es un vistazo de la siguiente aventura de Fina!

Serpiente en el Césped
Libro 3
en Los Misterios de Fina Mendoza

Todos están enojados con todos en Capitol Hill. Los miembros se insultan dentro de la Casa. Uno de los oradores anteriores de la Casa le da un codazo a un colega legislador en el pasillo. Y cualquiera que se atreve a trabajar con algún miembro del partido contrincante es castigado. Ahora alguien está escondiendo serpientes en los maletines y cestos de basura de los legisladores. Depende de la hija de 10 años de un congresista, Fina Mendoza, encontrar a la verdadera serpiente en el césped.

—¡Fina! —Era temprano, muy temprano. El sol apenas estaba comenzando a considerar la posibilidad de salir.

—Dijiste que querías ver—. Me coloqué mi almohada sobre mi cabeza. Y luego recordé. Luché por ponerme el uniforme y tomé mi sudadera y mis zapatillas deportivas y mi mochila con mi tarea sin terminar y bajé las escaleras corriendo.

—¡Shh! —susurró Papá—. Tu hermana y tu abuela siguen dormidas—. Gabby siempre se despertaba tarde. Abuelita decía que es porque ella es una adolescente y los adolescentes necesitan sus horas de sueño. Yo creo que solo es perezosa.

Escuché una bocina afuera. Esa sería la Congresista Durán. Ella tenía un beagle en su oficina llamado Fred. El perro que paseo después de la escuela, Senador Algo, era uno de los mejores amigos de Fred.

—Ándale —dijo papá—, ¡vámonos!

En el auto, la Congresista Durán le dio a Papá un vasote desechable con café, y un vaso con chocolate caliente para mí. No sabía qué me gustaba más: si la crema batida o la pequeña manga de papel que se deslizaba hacia arriba y hacia abajo para evitar que tus manos se quemaran.

Me agradaba la Congresista Durán. Era bajita como yo. Pero a diferencia de mí, Papá decía que ella era muy, muy buena en el béisbol. No solo jugaba en el equipo, era la mánager.

Condujimos en silencio, sorbiendo nuestras bebidas, tratando de que no se derramaran cada vez que pasábamos un bache. Había muchos baches en las calles de D. C.

Después de algunas cuadras, la Congresista Durán se rio.

—Estás rechinando los dientes, Mendoza—.

Papá solo gruño. Todos los miembros del equipo eran Demócratas. Todos los años, los Demócratas jugaban contra los Republicanos en un partido de béisbol para la caridad en Nats Park. Ese es el estadio cerca del río donde los Washington Nationals organizan sus partidos.

—Tu padre odia el béisbol —me dijo.

—¿Por qué vas a las prácticas si odias el béisbol? —pregunté.

—Me gusta el béisbol —dijo él—. Son las personas del equipo quienes me vuelven loco.

Atravesamos los portones de hierro de la Universidad de Gallaudet, por los caminos que rodeaban antiguos edificios de ladrillo que parecían pertenecer a una película de Drácula. Finalmente, llegamos al campo de béisbol.

—¿Qué personas te vuelven loco? —le pregunté. —Creí que los Demócratas solo se quejaban de los Republicanos.

Papá solo gruñó.

En el campo, un montón de sujetos estaban estirando y arrojándose la pelota y trotando. Solo uno de ellos se veía como un verdadero jugador de béisbol, el congresista alto de Louisiana, el lanzador. Papá dijo que gracias a él los Demócratas ganaron el año anterior. El único problema era que estaba cojeando.

—¿Qué te sucedió, Batiste? —le preguntó la Congresista Durán.

—Me di un tirón cuando calentaba —dijo. —Estaré bien para el día del partido. Espero.

Entonces volteó a verme. —¿Esta es nuestra bateadora?

—¿Eso es como *Batman*? —pregunté.

El congresista se rio. —Algo así, excepto que, en vez de luchar contra villanos, tienes que correr y batear.

—Si es posible, preferiría, preferiría solo ver —dije.

—Como gustes —dijo el congresista, y regresó cojeando a la cancha.

Era divertido ver a los mayores jugar béisbol. Se quejaban cuando se agachaban para recoger la pelota y gruñían cuando tenían que lanzarla desde el jardín. Había un par de jugadores más jóvenes, pero no parecían tomarse la práctica muy en serio. Se lucían, haciendo malabares con un montón de pelotas y provocando a los otros jugadores. Incluyendo a Papá. Cuando le tocó batear, uno de ellos le gritó:

—¿Vas a tratar de superar la puntuación de Mendoza esta vez?

Su amigo se rio. Así como varios de los demás jugadores. La Congresista Durán no fue una de ellos.

—¿Qué quiere decir la puntuación de Mendoza? —pregunté.

—Había un jugador de los Seattle Mariners —dijo la Congresista Durán—. Su nombre era Mario Mendoza, quien solamente llegó a una puntuación de .200 durante su carrera entera. Eso es casi como acertar un golpe por juego. Si tenía suerte. En el béisbol es una forma de describir a un mal bateador.

Eso me molestó. Podía ver por la forma en que Papá enterraba sus spikes en la tierra roja alrededor de la base del bateador que también estaba molesto. Se suponía que estas personas estaban en el equipo de Papá. ¿Acaso querían sacarlo del equipo?

Observé cómo mi papá bateaba sin golpear la pelota una y otra vez.

Luego le llegó el turno a la Congresista Durán. Ella golpeó la primera bola y medio trotó hasta la primera base, luego a la segunda, y después de un mal lanzamiento desde el jardín que cayó cerca del *dugout*, corrió hasta llegar al *home plate*.

—¡Adelante, Congresista! —exclamé. Trotó hasta donde estaba y le choqué los cinco.

—Te vamos a sacar al campo un día de estos —dijo entre jadeos.

—No lo creo. No soy un miembro del congreso.

—Podrías serlo algún día.

—Nope —dije—, no me gustan las juntas o hacer llamadas telefónicas para pedir dinero o ir de puerta en puerta para pedirle a la gente que voten por mí. De todas formas, Papá me dijo que no tengo que ser político si no quiero. Y bateo peor que Papá.

Ella se rio.

—Tu padre no será el mejor jugador en el equipo, pero lo necesitamos para no arrojarnos la pelota entre nosotros.

—¿Por qué todos están peleados con todos?

—Son cosas de adultos —respondió antes de correr de regreso al campo.

No solo había políticos en las prácticas. Un par de Policías del Capitolio estaban rondando cerca. uno de ellos tenía un perro.

—¡Hans! —exclamé y corrí a saluda.

El Pastor Alemán ladró.

—Fina, ¿qué haces aquí? —preguntó el oficial—. ¿Eres la bateadora designada? —dijo mientras señalaba el partido de práctica con la cabeza.

—Mas bien la saludadora de perros designada —respondí—. ¿Puedo acariciarlo?

Hay que pedir permiso antes de acercarte a un perro policía para que no te confundan con una mala persona.

—Claro —dijo.

A Hans le encantaba que le rascaran las orejas.

Parecería raro tener a un perro policía y a un oficial de policía en una práctica de béisbol, pero hace algunos años, un hombre furioso llevó un revólver al campo en el que practicaban los Republicanos. Ahora, ambos equipos tenían a la Policía del Capitolio haciéndoles guardia cuando jugaban. Eso me hacía sentir triste. Y un poquito nerviosa. Era el mismo sentimiento que tenía cuando teníamos que practicar qué hacer si alguien llevaba un arma a la escuela.

Caminé de vuelta a los bancos de metal detrás del *home plate*. Allí habían mochilas y bolsos de gimnasio y chaquetas y botellas de agua por todos lados. Saqué la tarea que olvidé terminar la noche anterior.

Uno de los jugadores, el Congresista Hobbs, llegó trotando desde los jardines. Su rostro estaba realmente rojo.

—Buenos días, Fina —me saludó mientras alcanzaba la mochila verde a un lado de mi pie. Tenía puestos unos pantalones deportivos verdes con la palabra "*Irish*" a lo largo de los lados y una playera verde con las letras "ND" al frente. Papá me dijo que solía jugar béisbol para la Universidad de Notre Dame. Pero de eso hacían ya casi cien años. Me preocupaba que le diera un infarto y muriera ahí mismo en el campo.

Y entonces casi le da un infarto.

Abrió su mochila y metió su mano para buscar su botella de agua.

—¡Auch! —gritó, sacando su mano y agitándola por el aire—. ¿Qué demonios fue eso? —miró dentro de su mochila, luego retrocedió hacia el campo—. ¡Serpiente, me ha mordido una serpiente!

En el campo el partido se detuvo y el Policía del Capitolio llegó corriendo y todos vimos cómo una serpiente de color verdoso con tres franjas amarillas en su espalda se deslizaba fuera de la mochila. No se veía feliz, metía y sacaba su lengua mientras miraba de un lado al otro a las personas a su alrededor.

—¡Llamen al 911! —exclamó el Congresista Hobbs— ¡podría ser venenosa! —pero ya podía escuchar a la Policía del Capitolio llamando a los paramédicos con sus radios.

—Relájate, Henry —dijo el Congresista de Virginia—, solo es una serpiente de jarretera. De hecho, deberías sentirte honrado. Es la serpiente oficial de nuestro estado.

¿Los estados tenían serpientes oficiales? ¿California tenía una serpiente oficial?

El Congresista Hobbs seguía agitando su mano en el aire.

—¡Se está hinchando! Creí que habías dicho que no era venenosa.

—No lo es, a menos que seas alérgico.

Su dedo estaba comenzando a hincharse como un globo rosado.

—¿Quién puso una serpiente en mi mochila? —demandó el Congresista Hobbs. Luego se volteó a ver directamente a Papá—. Tú, tu hiciste esto.

Algunos de los jugadores murmuraron cosas como "absurdo" y "cálmate, Hobbs". algunos otros retrocedieron, mirando fijamente a Papá.

—Nadie puso una serpiente en tu mochila —dijo papá, con tono calmado—. Es primavera. Las serpientes están saliendo de su hibernación. Una de ellas simplemente pensó que tu mochila parecía un lugar cómodo y calientito.

—¡Ouch! —chilló el Congresista Hobbs. estaba actuando como un verdadero bebé.

—Déjame echarle un vistazo —dijo la Congresista Durán.

—¿Qué, eres una Niña Scout? —preguntó el jardinero.

—Lo fui —respondió. Hizo que el Congresista Hobbs se recostara en una de las bancas y usó una toallita húmeda para limpiar su dedo.

—Deja caer tu brazo —dijo—, debajo del nivel de tu corazón.

Seguí viendo a la serpiente. Se veía asustada. No me gustan las serpientes, pero sentí lástima por ella. No podía encontrar la forma de escapar. Finalmente, el Congresista Batiste usó su guante de béisbol para recoger a la serpiente, y la dejó a unos pies de la primera base. La serpiente rápidamente desapareció entre los arbustos.

—Espera —dijo el Congresista Hobbs—, ¿cómo sabemos que es una serpiente de jarretera? ¡Estás dejando ir la evidencia!

Podía escuchar la sirena y ví cómo una ambulancia se adentraba en el campo.

—Vámonos —dijo Papá mientras agarraba su equipo y se dirigía al auto de la Congresista Durán—. La práctica se terminó, permitamos que los expertos hagan su trabajo.

Nadie dijo nada en el auto. Finalmente pregunté:

—¿Por qué el Congresista Hobbs creyó que fuiste tú quien puso la serpiente en su mochila, Papá?

La Congresista Durán mantuvo los ojos en el camino.

—Hablaremos de eso después, Fina —dijo Papá—. Ya casi llegamos a St, Phillip's. ¿Tienes todas tus cosas de la escuela?

—Pero...

—Después, Fina —dijo.

Pero no tenía mis cosas de la escuela. Había dejado mi mochila y mi tarea en la banca detrás del *home plate*.

Serpiente en el Césped

Un misterio de Fina Mendoza

A la venta otoño 2025!